청소년을 위한
아일랜드 동화

청소년을 위한
아일랜드 동화

초판 1쇄 | 2014년 7월 30일 발행

편   역 | 조종순
펴낸곳 | 해누리
고   문 | 이동진
펴낸이 | 김진용
편집주간 | 조종순
디자인 | 신나미
마케팅 | 김진용·유재영

등록 | 1998년 9월 9일(제16-1732호)
등록 변경 | 2013년 12월 9일(제2002-000398호)

주소 | 121-251 서울시 마포구 성미산로 60(성산동, 성진빌딩)
전화 | (02)335-0414 팩스 | (02)335-0416
E-mail | haenuri0414@naver.com

ⓒ 조종순, 2014

ISBN 978-89-6226-044-1 (03840)

청소년을 위한

아일랜드 동화

조종순 편역

해누리

| 차 례 |

금화 마술사 도널드

후덴과 두덴이라는 농부가 살고 있었다. 그들은 마당에서 닭을 치고 풀밭에서 양떼를 기르며 강가에서는 수십 마리의 소를 길렀다. 그들은 많은 짐승들을 기르고 있었지만 결코 행복하지 못했다.

그들의 두 농장 사이에는 가난한 도널드 오니어리가 살고 있었다. 초라한 오막살이에 사는 그는 손바닥만한 풀밭에서 데이지라는 암소 한 마리를 키우는 것이 고작이었다. 암소가 아무리 풀을 열심히 뜯어먹어도 도널드는 우유 한 통과 버터 한 덩어리를 겨우 얻어낼 뿐이었다. 두덴과 후덴이 그의 재산을 탐낼 이유는 전혀 없었다.

그러나 두덴과 후덴은 그렇지 않았다. 부자란 자기가 가진 많은 재산에 만족하지 못하고 남의 것을 차지하려고 안달을 하는 법이기 때문이다. 두덴과 후덴은 도널드의 손바

튼튼하고 살찐 소 떼들이 탐나서 참을 수 없었어.

닥만한 땅을 뺏는 방법을 궁리하느라고 밤에 잠도 자지 못했다. 그들은 말라빠진 암소 데이지 따위는 거들떠보지도 않았다.

어느 날 길에서 만난 두덴과 후덴은 평소와 마찬가지로 불만을 털어놓았다. 둘은 저 건달 도널드 오니어리를 이 동네에서 쫓아내야겠다면서 이를 갈았다. 드디어 후덴이 이렇게 말했다.

"암소 데이지를 죽여버리자. 그래야만 저 놈이 여길 떠날 거야."

그렇게 하기로 즉시 합의한 그들은, 해가 지기도 전에 가련한 암소 데이지가 누워 있는 조그마한 헛간으로 기어갔다. 낮에 제대로 풀을 뜯어먹지 못한 암소는 그나마 열심히 되새김질을 하고 있었다.

얼마 후 도널드는 암소가 밤에 잘 지내고 있는지 살펴보려고 헛간으로 갔다. 그런데 가련한 암소는 그의 손을 혀로 핥아주고는 그만 죽어버렸다.

도널드는 꾀가 많은 사람이었다. 암소가 죽어서 크게 실

망하기는 했지만 무슨 좋은 수가 없을까 궁리하기 시작했다. 밤새도록 생각에 생각을 거듭하다가 다음 날 아침 일찍 그는 암소의 가죽을 어깨에 둘러메고 시장으로 떠났다.

바지의 양쪽 호주머니에 동전이 잔뜩 담겨 있어서 짤랑짤랑 부딪치는 소리가 요란했다. 그는 집을 나서기 전에 암소 가죽을 여러 군데 조금씩 찢어서 그 틈새마다 동전을 끼워 두었다.

이윽고 읍내에 이르자 가장 좋은 여관의 식당으로 거침없이 걸어 들어가 못에 가죽을 척 걸어둔 채 자리를 잡고는 주인에게 말했다.

"위스키 한 병! 최고급으로."

여관 주인은 도널드의 차림새를 훑어 보더니 들은 척도 하지 않았다.

"왜? 돈이 없을까봐 걱정되쇼? 저 암소 가죽이 내가 필요한 돈을 얼마든지 줄 테니 염려마쇼."

도널드가 지팡이로 가죽을 한 번 후려치자 동전 한 개가 떨어졌다. 여관 주인의 눈이 휘둥그레졌다.

"저 가죽, 얼마면 되겠습니까?"

"저건 팔 물건이 아닙니다."

"금화 한 개 주겠소."

"안 판다고 했잖소. 저 가죽 덕분에 난 수십 년을 잘 살았다 이거요."

도널드가 지팡이로 가죽을 한 번 더 후려치자 동전이 또 굴러 떨어졌다. 여관 주인과 옥신각신하다가 결국 도널드는 가죽을 팔고 말았다. 그날 밤 도널드는 후덴의 집을 바로 찾아가서 문을 두드렸다.

"후덴, 제일 좋은 저울을 좀 빌려주겠나?"

후덴이 뒤통수를 긁어대면서 그를 멍하니 바라보다가 저울을 빌려주었다. 무사히 집으로 돌아간 도널드는 금화들을 일일이 저울에 올려놓고 무게를 달아보았다. 그런데 후덴이 저울 바닥에 버터를 발라놓았기 때문에 도널드가 그 저울을 다시 돌려주었을 때는 금화 한 개가 저울 바닥에 달라붙어 있었다. 후덴은 소스라치게 놀라 도널드가 돌아서기가 무섭게 두덴에게로 쏜살같이 달려갔다.

"두덴, 저 건달에 망할 자식이…."

"도널드 오니어리 말인가?"

"그야 물론이지. 놈이 금화 한 자루를 가지고 와서 무게를 달았다니까."

"그걸 어떻게 알았지?"

"내 저울을 놈이 빌려갔었는데 금화 한 개가 여기 붙어 있더라구."

두 농부는 부리나케 도널드의 집으로 달려갔다. 도널드

는 금화 열 개씩 묶어서 꾸러미를 짖다가 마지막 꾸러미를 만들고 있을 때 잃어버린 금화 하나 때문에 그만 일을 중단한 채 앉아 있었다. 두덴과 후덴은 들어가도 괜찮냐고 묻지도 않고 안으로 성큼 들어섰다.

"어째서 이런 일이 다 있단 말이오!"

그들은 그 말부터 퍼부었다. 그러나 도널드는 아무렇지도 않은 듯 이렇게 말했다.

"후덴,두덴, 안녕들 하셨소? 당신들이 내게 못된 장난을 했지만 난 엄청난 행운을 얻게 되었네. 암소 데이지가 죽었을 때 난 무슨 좋은 수가 없을까 생각했는데 정말 좋은 수가 나더군. 쇠가죽을 지금 시장에서 팔면 그 가죽 무게와 똑같은 무게의 금화를 받을 수가 있거든."

후덴이 두덴의 옆구리를 쿡 찔렀고 두덴은 후덴에게 눈짓을 했다.

"도널드. 그럼 우린 가볼게."

"고마운 친구들, 잘 가요."

다음 날 후덴과 두덴은 암소든 암송아지든 모조리 잡아서 가죽을 벗긴 뒤 후덴의 가장 큰 수레에 싣고 두덴의 가장 튼튼한 말 두 필을 몰고 시장

으로 향했다. 시장에 도착한 그들은 각각 가죽을 팔에 걸친 채 돌아다니면서 있는 힘을 다해 외쳤다.

"쇠가죽 사요! 쇠가죽 사요!"

가죽을 가공하는 사람이 다가와서 물었다.

"얼마요?"

"쇠가죽 무게와 똑같은 무게의 금화를 주면 팔지요."

"아직 술이 덜 깬 모양이군."

그는 한 마디 말을 내뱉고는 작업장으로 돌아갔다.

"가죽 사세요! 방금 벗겨낸 튼튼한 쇠가죽 있습니다!"

구두 만드는 사람이 다가와서 물었다.

"그 가죽, 얼마요?"

"쇠가죽 무게와 똑같은 무게의 금화를 주면 팔겠소."

"아니 지금 누굴 놀리는 거야? 이거나 먹어라!"

구두 만드는 사람이 후덴을 세게 후려치는 바람에 후덴은 비틀거렸다. 사람들이 사방에서 몰려들면서 소리쳤다.

"대체 무슨 일이길래 그 난리요?"

구두 만드는 사람이 소리쳤다.

"아, 글쎄 이 악당들이 쇠가죽을 팔겠다면서 가죽 무게와 똑같은 무게의 금화를 내라는 거요. 거 참 기가 막힐 노릇이지! 안 그렇소?"

몸이 뚱뚱해서 제일 나중에 달려온 여관 주인이 큰소리

로 고함쳤다.

"놈들을 잡아! 저 놈들을 잡으란 말이오! 저치들은 어제 형편없는 가죽을 내게 금화 30냥에 팔아먹은 악당들이오."

두덴과 후덴은 실컷 얻어터진 후 집으로 가려는데 시장의 모든 개들이 뒤를 추격하는 바람에 그들은 걸음아 날 살려라 줄행랑을 쳐야만 했다. 그들은 도널드를 예전보다 한층 더 미워하게 되었다. 모자가 찌그러지고 옷이 찢어진 채 시퍼렇게 멍든 얼굴로 허겁지겁 달려오는 그들에게 도널드가 말을 걸었다.

"아니 싸움이라도 했소? 경찰을 만나 도망쳐오는 거요?"

"이 악당아! 널 경찰에 고발하고 말테다. 그 따위 엉터리 거짓말로 우릴 속이다니!"

"누가 속였다는 거예요? 당신들 눈으로 금화를 똑똑히 보지 않았소?"

그들에게 그 말이 먹힐 리가 없었다. 도널드는 그 대가를 치러야만 했다. 두덴과 후덴은 그를 마침 곁에 있던 곡식 자루에 처박고 꽁꽁 묶은 다음 밧줄 매듭 사이로 막대기를 꿰어서 각각 한쪽 끝을 어깨에 멘 채 브라운 호수로 향했다.

브라운 호수로 가는 길은 멀고 게다가 먼지 투성이었다. 후덴과 두덴은 지치고 다리도 아프고 목도 무지 말랐다.

12

마침 길가에 여관이 하나 있었다.

"피곤해 죽겠으니 저기 여관에서 좀 쉬었다 가세. 이 놈은 먹은 것도 없을 텐데 무겁기 짝이 없어."

후뎬의 말에 두뎬은 반대하지 않았다. 그들은 도널드를 감자 자루라도 되는 듯 여관 문 앞에 털썩 내려놓았다.

"이 악당아, 얌전히 거기 들어 있어."

도널드는 아무 소리도 하지 않았다. 얼마 후 유리잔 부딪치는 소리가 들리더니 후뎬이 목청을 돋구어서 노래를 불러댔다.

"난 그녀를 차지하지 않겠어. 그녀를 차지하지 않겠다. 이거야!"라고 도널드가 말했지만 아무도 귀를 기울이지 않았다. 그가 두 번째로 더 크게 소리쳤지만 아무도 듣는 사람이 없었다. 그러나 세 번째로 아주 크게 외치자 마침 풀밭에서 소를 몰고 집으로 돌아가던 농부가 물었다.

"누구를 차지하지 않겠다는 거요?"

"그야 왕의 딸이지요. 저 사람들은 나를 강제로 공주와 결혼시키려고 해요."

"당신은 정말 행운아로군. 내가 당신을 대신할 수만 있다면 뭐든지 주겠어요."

"이제 뭘 좀 아시는군! 농부 주제에 금과 보석들로 잔뜩 치장한 공주와 결혼한다는 게 얼마나 멋진 일인가!"

"보석들로 치장했다고요? 제발 당신 대신 제가 거기에 갈 수 있게 해 주세요."

"당신은 매우 정직한 사람이군요. 공주가 아무리 예쁘고 온 몸을 보석으로 장식했다고 해도 난 조금도 마음에 없어요. 당신이 원한다면 그녀를 차지해도 좋습니다. 내가 달아날까 걱정되서 저 사람들이 나를 꽁꽁 묶어버렸으니 우선 이 밧줄부터 풀어주시오."

도널드가 자루에서 풀려나고 대신 농부가 들어갔다.

"자 이제부터는 꿈틀대지도 말고 얌전하게 누워 있어요. 왕궁의 문턱만 넘으면 당신은 행운아가 될 테니까. 혹시 저들이 당신에게 공주와 결혼하지도 못할 뜨내기 악당이라고 욕할지도 모르지만 그런 말 따위는 신경도 쓰지 마세요. 그럼 난 공주를 포기하겠어요."

"그 대신 내 소 떼를 가지세요."

얼마 후 도널드는 농부의 소 떼를 몰고 집으로 돌아갔다. 후덴과 두덴이 여관에서 나와 막대기 끝을 각각 어깨에 걸쳤다. 후덴이 투덜거렸다.

"이 놈이 더 무거워졌어."

"염려 마. 브라운 호수가 바로 코앞에 있거든."

자루 속에서 농부가 고함쳤다.

"난 그녀를 차지하겠어요! 그녀를 차지하겠어요!"

"무슨 헛소리야? 맛 좀 봐라."

후덴이 지팡이로 자루를 마구 후려갈겼다. 그러자 농부는 더 큰 소리로 외쳤다.

"난 그녀를 차지하겠어요! 그녀를 차지하겠어요!"

"마음대로 차지해 봐라!"

두덴이 그렇게 대꾸한 것은 이미 브라운 호수에 도착했기 때문이었다. 그들은 자루 입구를 풀어서 농부를 호수에 텀벙 처넣고 말았다. 후덴이 소리쳤다.

"다시는 우릴 속이지 못하게 됐군."

두덴이 맞장구를 쳤다.

"그야 물론이지! 어이, 가련한 도널드야, 내 저울을 네가 빌려간 그 날이 재수가 더럽게도 없는 날이었다 이거야."

속이 후련해진 그들이 발걸음도 가볍게 집으로 돌아갔다. 그런데 이게 웬 일인가? 도널드 오니어리 주위에서 암소들이 한가롭게 풀을 뜯는가 하면 발로 땅을 차거나 머리를 서로 부딪치고 있었다. 두덴이 말을 걸었다.

"아니, 이거 도널드가 아냐? 우리보다 빨리 돌아왔군."

"두덴, 정말 고마워. 당신의 의도는 불순했지만 그 결과가 너무나도 좋았거든. 브라운 호수에 들어가면 그 속에 약속의 땅이 있다고들 말하지. 난 그게 허튼 소린 줄 알았는데 딱 들어맞는 말이었어. 저 소 떼를 봐."

후덴이 눈이 휘둥그레져서 쳐다보고 두덴은 입을 딱 벌렸다. 그러나 튼튼하고 살진 소 떼가 탐이 나서 참을 수가 없었다. 도널드 오니어리가 한 마디 더했다.

"저것들보다 더 살이 많이 찐 소들이 거기 득시글대지만 아무도 돌보지를 않더군. 맛있는 풀이 한없이 펼쳐져 있기 때문이지."

두덴이 부드러운 목소리로 말했다.

"도널드, 우리가 좀 무례한 짓을 하기도 했지만 당신은 언제나 훌륭한 사람이야. 자, 그러지 말고 그 목장에 이르는 길을 가르쳐 주게."

"소 떼를 내가 더 많이 몰고 올 수가 있는데 왜 그 길을 당신에게 가르쳐주겠소? 나 혼자 모조리 차지하고 말 거요."

"사람은 재산이 많아질수록 더욱 악질적으로 군다는 말이 정말 맞는군. 도널드, 당신은 언제나 우리 이웃사촌 아니오? 그러니까 행운을 독차지할 수는 없는 일 아니겠나?"

"후덴, 당신 말도 맞아. 당신이 과거에 나쁜 짓을 했지만 이제 와서 지난 날을 생각해서 뭐 하겠어? 우리 셋이 실컷 차지해도 소 떼가 남을 테니. 자, 날 따라오게."

도널드의 뒤를 따라가는 두덴과 후덴은 흥에 겨워서 발걸음을 빨리 재촉했다. 브라운 호수에 도착했을 때 하늘에는 흰 구름 덩어리들이 가득하고 호수 위에도 그 그림자가 비쳤다. 도널드는 호수 위에 비친 구름들을 손으로 가리키면서 소리쳤다.

"자, 저기 있어요!"

"어디? 어디 있단 말야? 혼자 욕심 부리지 말고….."

후덴이 소리칠 때 이미 두덴이 살찐 소 떼를 먼저 차지하려고 물 속으로 힘차게 뛰어들었다. 후덴도 지지 않고 뛰어들었다. 그들은 영영 집으로 돌아오지 않았다.

어쩌면 소 떼처럼 너무 뚱뚱해졌는지도 모른다. 도널드 오니어리는 그들의 소 떼와 양들을 차지하여 날마다 행복하게 살았다.

사람은 어리석음 때문에 하늘 자체를 손에 넣으려고 한다.

– 호라티우스

17

거인의 저녁식사

　　　힘이 장사인 코널 예로우클로는 아들 세 명과 함께 에린에서 살고 있는 평범한 농부이다. 에린의 5분의 1이나 되는 땅을 차지한 왕의 왕자들이 에린을 지나가다가 코널의 아들들과 싸움이 붙었다.

　코널의 아들들이 이겼고 왕자들 가운데 키가 제일 큰 왕자를 죽였다. 왕이 코널을 불러서 이렇게 말했다.

　"코널 이놈! 네 아들들이 왕자들을 덮쳐서 키가 제일 큰 왕자를 죽였다니. 이게 웬 말이냐? 난 반드시 복수를 하고 말겠다. 다만 너와 네 아들들이 로클란의 왕이 가지고 있는 갈색 말을 나에게 가져다준다면 네 아들들의 목숨을 살려주겠다. 알겠느냐?"

　코널이 대답했다.

　"폐하를 기쁘게 해드리기 위해서라면 제 목숨과 아들들

의 목숨을 기꺼이 바치겠습니다."

왕궁에서 물러 나와 집으로 돌아간 코널은 걱정이 이루
말할 수가 없었다. 침대에 누운 채 아내에게 왕의 지시를
말해주었더니 아내는 슬픔에 겨워 흐느꼈다. 남편이 자기
곁을 떠나야하고 다시는 못 만나게 될지도 모르기 때문이
었다.

"여보! 당신이 떠나면 우린 영영 다시 만나지 못할지도
몰라요. 차라리 왕이 저 아이들을 마음대로 처분하도록 내
버려두는 게 낫지 않아요?"

그러나 다음 날 그는 잠자리에서 일어나 아들들을 데리
고 로클란 왕국으로 떠났다. 그들은 도중에 쉬지도 않은
채 바다를 건너갔다. 이윽고 로클란 왕국에 도착했지만 무
슨 일부터 해야 좋을지 알 수가 없었다. 그래서 그가 아들
들에게 말했다.

"얘들아, 잠시 쉬어 가자. 우선은 왕을 위해서 일하는
물레방앗간 주인을 찾아내자."

그들은 왕의 물레방앗간 주인에게 가서 하룻밤을 재워

19

달라고 요청했다. 코널은 주인에게 거기까지 찾아온 사정을 자세히 설명하고 왕의 말을 가져가야만 한다고 말했다.

"그 갈색 말을 얻도록 도와준다면 돈을 두둑하게 드리겠습니다."

물레방앗간 주인이 대꾸했다.

"왕의 갈색 말을 가져가겠다니! 그런 어리석은 수작이 어디 있어요? 왕이 그 말을 하도 끔찍이 아끼고 있기 때문에 훔쳐 가는 방법밖에는 없어요. 당신이 그 말을 훔쳐낸다면 난 비밀을 지켜주겠어요."

"나도 그럴 작정이지요. 그런데 당신은 날마다 왕을 위해 일하고 있으니까 우리들을 밀기울 자루에 넣어주세요."

"그거 괜찮은 생각이군요."

물레방앗간 주인이 그들을 밀기울 자루에 각각 넣었다. 왕의 하인들이 와서 자루들을 싣고 왕궁의 마구간으로 돌아가서 말의 여물통에 밀기울을 쏟아 부은 뒤 문을 잠그고 각자 집으로 돌아갔다. 아들들이 갈색 말에 손을 대려고 할 때 코널이 말했다.

"손대지 마라. 여기를 빠져나가기가 매우 어려우니까 우선은 각자가 숨을 굴을 파자. 만약 큰소리가 나서 누군가 여기 돌아오면 각자 굴 속에 숨어라."

그들은 굴을 각자 판 다음에 갈색 말에 손을 댔다. 매우 튼튼하고 영리한 말이 어찌나 우렁차게 울어대는지 마구간이 다 흔들릴 정도였다.

왕이 그 소리를 듣고 하인들에게 말했다.

"저건 내 갈색 말이 우는 소리다. 무슨 일인지 가서 알아봐라."

하인들이 달려갔다. 코널과 아들들은 그들이 오는 것을 보고는 각자 굴 속에 숨었다. 마구간과 말들을 둘러본 하인들은 아무런 이상이 없다고 판단해서 왕에게 돌아가 그렇게 보고했다. 아무 이상이 없다면 각자 집으로 돌아가도 좋다고 왕이 말했다. 하인들이 돌아간 뒤 코널과 아들들이 갈색 말을 끌고 가려고 했다.

그러자 이번에는 말이 지난번보다 일곱 배나 더 큰 소리로 울었다. 왕이 다시 하인들을 불러서 마구간에 가보라고 명령했다. 하인들이 마구간으로 가자 코널과 아들들은 다시 숨었다. 하인들은 구석구석을 샅샅이 살펴보았지만 아무 이상이 없었다. 그래서 왕에게 돌아가 아무 이상이 없다고 말했다. 왕은 이렇게 말했다.

"그거 참 이상하다. 너희는 돌아가 쉬어도 좋아. 저 말이 다시 운다면 내가 직접 가서 보아야겠다."

이윽고 코널의 아들이 갈색 말을 잡았다. 그러자 말은 한층 더 요란하게 울어댔다.

"누군가 내 갈색 말을 괴롭히고 있는 게 분명하다."

그렇게 말한 왕이 부리나케 종을 쳤다. 그리고 하인들을 거느리고 마구간으로 갔다. 코널과 아들들은 다시 굴 속으로 숨었다. 왕은 매우 치밀한 사람이었다. 말들이 불안해져서 발굽으로 바닥을 긁어대는 소리를 듣고는 말했다.

"이 마구간 안에는 수상한 놈들이 있다. 찾아내라."

왕은 코널과 아들들의 발자국을 따라가서 드디어 찾아내고 말았다. 코널은 에린의 왕에게 많은 세금을 바치는 농부였기 때문에 누구나 다 잘 알고 있었다. 하인들이 그들을 왕에게 끌고가자 왕이 말했다.

"아니, 이건 코널이 아닌가?"

"그렇습니다, 폐하. 저희가 여기 들어온 것은 어쩔 수 없는 사정 때문이었습니다. 용서해 주십시오."

그는 갈색 말을 가져다가 바치지 않으면 자기 아들들이 목숨을 잃게 되었다고 설명했다.

"제가 요청해도 폐하께서는 저 말을 주시지 않으실 테니까 훔쳐 갈 작정이었습니다."

"코널! 그야 네가 아무리 애걸해도 난 저 말을 주지 않을 거다. 용케도 여기까지 숨어 들어왔군 그래."

이어서 왕은 하인들에게 코널의 아들들을 엄하게 감시하고 먹을 것을 주라고 명령했다. 그리고 코널에게 이렇게 말했다.

"내일 네 아들들이 교수대에 목이 매달린 장면을 보게 된다면 그보다 더 네게 쓰라린 일은 없을 거다. 넌 어쩔 수 없어서 여기 들어왔기 때문에 교수형을 면하게 해 달라고 말했지. 과거에 이번 경우처럼 정말 어려운 처지에 빠진 적이 있었다고 네가 말한다면 난 막내아들을 살려주겠다."

"그야 물론 있습니다. 제가 어린 소년일 때 우리 아버지는 넓은 토지를 소유하고 암소들을 큰 목장에서 키웠지요. 암소 한 마리가 송아지를 낳았을 때 아버지는 저더러 그 소를 데리고 집으로 돌아오라고 했어요. 그래서 전 그 암소를 데리고 집으로 돌아가고 있었는데 갑자기 눈이 심하게 쏟아졌습니다.

잠시 눈을 피하려고 소와 송아지를 끌고 오두막집으로 들어갔지요. 그런데 여우처럼 누런 털을 가진 커다란 고양이가 졸개 고양이 열한 마리를 거느리고 들어왔지요. 전 그들과 거기 함께 있기가 싫었습니다. 고양이 두목이 소리쳤어요. '기운을 내라. 입을 다물고 있을 필요가 어디 있어? 코널 옐로우클로를 위해 노래를 한 곡조 불러라.' 저는 고양이들이 제 이름을 아는 것을 보고 몹시 놀랐지요.

이어서 고양이 두목이 제게 '코널! 노래 값을 내야지요.' 라고 말했습니다. 저는 '가진 게 있어야 주지. 정 원한다면 송아지라도 가져라.' 고 대꾸했어요. 제 말이 떨어지기가 무섭게 고양이 열 두 마리가 송아지에게 달려들어 금새 먹어치워 버렸어요.

고양이 두목이 또 말했어요. '코널을 위해 노래를 한 곡조 더 불러라.' 전 고양이들의 노래가 싫었지요. 그러나 고양이 열한 마리가 바로 그 자리에서 다시 노래를 불렀습니다.

거대한 고양이 두목이 여우처럼 누런 털을 곤두세운 채 '노래를 들었으면 노래 값을 내야지요.' 라고 말했어요. 저는 '노래고 뭐고 다 귀찮아. 저 암소라도 가져가라.' 고 대꾸했지요. 그들은 암소마저 곧 먹어치웠어요.

고양이 두목이 다시 소리쳤어요. '노래를 불러라.' 저는 그들이 나쁜 족속이라고 깨달아 걱정이 되었습니다. 노래를 마친 고양이들이 두목 곁으로 몰려갔어요. 고양이 두목이 '노래 값을 내야지요.' 라고 말했어요. 전 '네 놈들에게 줄 게 아무것도 난 없어.' 라고 대꾸했어요. 그리고 뒷문으로 나가서 걸음아 날 살려라 하고 달아났지요.

당시에 저는 매우 몸이 튼튼하고 달리기도 잘 했는데 들판 한 가운데

있는 높다란 나무의 꼭대기로 올라가서 몸을 숨겼지요. 뒤따라 온 고양이들이 숲을 구석구석 뒤지며 나를 찾았지만 헛수고만 했어요.

이윽고 모두 지쳤을 때 고양이들이 돌아가자고 수군거렸지요. 그러나 여우처럼 털이 누런 애꾸눈 고양이가 두목답게 소리쳤어요.

'너희는 눈이 두 개이면서도 놈을 발견 못했어. 그렇지만 눈이 하나밖에 없어도 난 놈이 저 나무 꼭대기에 있다는 걸 안다 이거야.'

졸개 고양이 한 마리가 나무 위로 올라왔어요. 놈이 가까이 왔을 때 저는 칼을 뽑아서 처치해 버렸지요. 고양이 두목은 '이런 식으로 내 부하들을 잃고 싶진 않아. 자, 모두 나무 밑으로 모여서 뿌리 근처를 파라. 그러면 나무가 쓰러질 때 저 악당 놈도 땅에 떨어지고 말 거야.' 라고 말했어요.

놈들이 나무 밑의 흙을 파기 시작했고 첫 번째 뿌리를 잘라내자 나무가 몹시 휘청거렸지요. 저는 비명을 질렀지요. 그건 조금도 이상한 일이 아니었습니다. 마침 그 때 숲 근처에서 신부님 한 분이 마을사람 열 명을 데리고 땅을 파고 있다가 '목숨이 위태로운 어떤 남자가 비명을 질렀으니 가서 구해주어야겠다.' 고 말했지요. 그러나 제일 영

25

리한 사내가 '비명소리가 다시 들릴 때까지 내버려둡시다.'라고 대꾸했어요.

고양이들이 미친 듯이 흙을 파기 시작해서 두 번째 뿌리를 잘랐어요. 저는 한층 더 큰소리로 비명을 내질렀지요. 신부님은 '저 사람은 정말로 목숨이 위태로운 모양이다. 자, 가서 도와주자.'고 말했어요. 그들이 이동하기 시작했을 때 고양이들은 세 번째 뿌리를 잘라냈지요. 나무가 옆으로 쓰러질 지경으로 휘청거렸어요.

억센 마을사람들이 달려와서 고양이들이 나무를 쓰러뜨리는 것을 보자 삽으로 고양이들을 후려치기 시작했어요. 마을사람들과 고양이들이 한바탕 어울려서 싸웠지만 결국 고양이들은 도망치고 말았어요. 그러나 폐하, 저는 고양이가 한 마리도 남지 않고 다 달아날 때까지 꼼짝도 하지 않았어요.

그래서 저는 무사히 집으로 돌아갈 수가 있었지요. 그 때가 제 평생에 가장 위험한 때였어요. 로클란의 왕이 아들들을 목매달아 죽이는 장면을 보는 것보다는 제가 고양이들에게 갈가리 찢겨서 죽는 것이 더 처참한 일일 겁니다."

왕이 이렇게 말했다.

"저런 저런! 넌 참 말도 잘 하는구나. 그 이야기로 넌 막내아들을 구했어. 그거보다 더 위태로웠던 경우의 체험담을 말해준다면 둘째아들을 살려주겠다. 그러면 넌 두 아들을 구하는 거야."

"셋째아들을 살려주신다면 전 오늘밤 여기 감옥에 갇히는 경우보다 더 지독한 경우를 당한 이야기를 해드리지요."

왕은 들어보자고 대꾸했다.

코널이 이야기를 시작했다.

"어린 소년일 때 사냥을 하러 간 적이 있었어요. 아버지의 땅은 바닷가에 위치했는데 거기에는 바위, 동굴, 절벽 등이 많았지요. 산꼭대기에 올라가서 사방을 살펴보니 바위와 바위 사이에서 연기가 피어올라 오더군요. 왜 저기서 연기가 피어오르는지 궁금하게 여기면서 바라보고 있다가 그만 아래로 굴러 떨어지고 말았어요.

그런데 아래쪽은 풀밭이어서 저는 한 군데도 다친 곳이 없었지요. 거기서 어떻게 빠져나가야 좋을지 몰라 산꼭대기만 쳐다보았지요. 도저히 다시 올라갈 수가 없을 것만 같은 생각이 들었습니다. 무성한 풀더미 속에서 죽는다고 생각하니 너무나도 비참했어요.

그 때 쿵쾅거리는 요란한 소리가 들리더니 엄청난 거인이 숫사슴 한 마리와 염소 스물네 마리를 끌고 나타났어요. 그는 염소들을 나무에 묶어놓고 나서 제게 다가오더니 '야, 이거 코널이잖아? 네 부드러운 살을 벨 때까지 기다리다가 내 칼이 녹이 슬 지경이야.' 라고 말했어요.

저는 '나를 아무리 잘게 썰어봤자 먹을 게 별로 없을 걸? 그저 한입에 털어 넣으면 그만일 테니까. 그런데 넌 눈이 하나밖에 없구나. 난 솜씨가 뛰어난 의사야. 그러니까 앞이 안 보이는 한쪽 눈을 뜨게 해 줄 수가 있어.' 라고 말했지요.

거인이 자기 동굴로 돌아가서 커다란 가마솥을 모닥불 위에 걸었어요. 저는 물을 어떻게 끓여야 한쪽 눈이 시력을 회복할지 가르쳐주었어요. 그리고 히이드 풀을 모아서 비비는 동안에 거인이 가마솥의 물 속에 똑바로 서 있게 했지요. 저는 멀쩡한 그의 눈에다가 히이드즙을 발라주면서 그 눈의 시력이 다른 눈으로 옮겨간다고 속였습니다.

결국 거인은 멀쩡하던 눈마저 보이지 않게 되고 말았지요. 안 보이는 눈을 보이게 만들기보다는 잘 보이는 눈을 멀게 만들기가 더 쉬운 일이었으니까요.

거인은 아무것도 볼 수가 없다는 것을 깨달았고 저는 무슨 수를 써서라도 거인의 동굴에서 빠져나갈 작정이었지요. 거인이 물에서 뛰어나오더니 동굴 입구에 버티고 서더군요. 그리고 멀쩡한 눈을 망가뜨린 것에 대해 복수하겠다고 소리쳤어요. 그래서 저는 몸을 웅크린 채 밤이 새도록 숨도 제대로 쉬지 못했어요. 까딱하다가는 놈에게 잡힐 테니까요.

새들이 지저귀는 소리를 들은 그는 아침이 되었다고 깨달았어요. 그래서 놈은 '너 아직도 자냐? 빨리 일어나서 내 염소들을 밖으로 내보내라.'고 말했어요. 저는 숫사슴을 죽였지요. 그러자 놈은 '네 놈이 내 숫사슴을 죽이는군.' 하고 말했어요.

저는 '천만에! 난 숫사슴을 죽이는 게 아니라 숫사슴을 묶어둔 밧줄이 하도 단단하게 묶여 있어서 풀고 있는 중이야.' 라고 대꾸했어요. 그리고 염소 한 마리를 밖으로 내보냈는데 놈은 염소를 손으로 더듬어보고는 '넌 비쩍 마르고 털이 하얀 염소로구나. 너는 나를 보겠지만 난 너를 볼 수가 없어.' 라고 말했어요.

저는 염소들을 한 마리씩 차례로 내보내면서 숫사슴의 가죽을 벗겼어요. 마지막 염소가 나가기 전에 전 숫사슴 가죽을 모두 벗길 수가 있었어요. 그런 다음에 제 팔다리를 숫사슴의 네 다리에 끼우고 머리는 숫사슴 머리에 처박았지요. 놈이 손으로 만져보아도 숫사슴이라고 믿게 만들 작정이었지요. 제가 그렇게 사슴 가죽을 쓰고 다가가자 놈은 '넌 내 아름다운 숫사슴이구나. 너는 나를 보겠지만 난 너를 볼 수가 없어.' 라고 말했어요.

바깥으로 나가서 온 세상을 둘러보았을 때 저는 얼마나

기뻤는지 몰라요. 숫사슴 가죽을 벗어 던지고 멀리 달아난 뒤 저는 그 악당에게 '네가 아무리 막아도 난 바깥으로 나왔어.' 라고 소리쳤어요. 그러자 놈이 말했어요.

'아하! 결국 네가 이겼군. 꾀가 많아서 넌 바깥으로 나갔으니까 그 상으로 내 반지를 주지.'

저는 '난 네 손에서 직접 반지를 받지 않겠다. 멀리 던져라. 그러면 내가 주워서 가지겠다.' 고 대꾸했지요. 놈이 반지를 땅바닥에 내던졌고 저는 그걸 주워서 손가락에 끼웠습니다. 놈은 '반지가 네 손가락에 꼭 맞지?' 라고 물었어요. 저는 '그래.' 라고 대답했어요. 그러자 흉측한 거인은 '반지야, 너 어디 있니?' 라고 물었어요. 반지는 '난 여기 있어요.' 라고 대답했어요.

흉악한 거인은 반지가 대답하는 소리를 듣고 저를 추격하기 시작했어요. 저는 이제 동굴 속에 갇혀 있을 때보다도 더 위험한 처지에 빠지게 된 걸 알았습니다. 그래서 예리한 단검을 빼어 들고는 반지가 끼여 있는 손가락을 잘라낸 다음 있는 힘을 다 해서 바다로 던져버렸어요. 바닷물은 엄청나게 깊었어요.

거인이 '너 어디 있니?' 라고 물었고 반지는 바다 밑바닥에 가라앉아 있으면서 '나 여기 있어요.' 라고 대답했지요. 놈이 반지를 향해서 텀벙 달려들어서 바다 속으로 빠

져버렸지요. 놈이 물에 빠져 죽는 걸 보았을 때 저는 얼마나 기뻤는지 몰라요.

거인이 바다에 빠져서 익사한 뒤 저는 동굴로 다시 가서 놈이 가지고 있던 금화와 은화들을 모조리 거두어 가지고 집으로 돌아갔습니다. 온 가족이 더없이 반가워했어요. 자, 여길 보세요. 제 손가락 하나가 없죠?"

왕이 대꾸했다.

"말도 잘 하고 지혜로운 코널아, 넌 정말 손가락 하나가 잘려서 없군 그래. 이제 두 아들을 살려냈으니 한층 더 위태로운 처지에 빠졌던 이야기를 한다면 장남을 살려주지."

코널이 이야기를 시작했다.

"이윽고 저희 아버지가 제게 아내를 얻어주었지요. 어느 날 저는 사냥을 하러 바닷가로 나갔는데 안개 속에 저 멀리 섬이 하나 보였어요. 마침 모래톱에 밧줄이 앞뒤로 걸쳐진 보트가 한 척 떠있고, 그 안에는 진귀한 보물이 가득 쌓여있었지요.

그래서 그 물건들을 좀 꺼내려고 보트에 탔는데 얼마 후 고개를 들어보니 보트는 이미 바다 한 가운데로 나가서 곧장 섬을 향해 달려가고 있지 뭡니까? 섬에 올라가 둘러보는데 보트가 다시 바닷가로 돌아가 버렸어요. 어떻게 해야 좋을지 전 정말 몰랐어요. 그 섬에는 먹을 것도 없고 집도 한 채 없었거든요.

산꼭대기로 올라갔다가 계곡으로 내려가 보니까 어떤 여자가 발가벗은 어린애를 무릎에 올려놓고 있더군요. 여자가 손에 든 칼을 어린애 목에 꽂으려고 하는데 어린애는 여자의 얼굴을 쳐다보면서 방실방실 웃는 겁니다. 여자는 울음을 터뜨리더니 칼을 등 뒤로 던져버렸어요.

저는 친구도 하나 없는 땅에서 어딘가 무서운 적이 도사리고 있다고 직감했지요. 그래서 여자에게 '도대체 무슨 짓을 하려는 거예요?' 라고 물었지요. 여자는 '당신은 어떻게 여기 오게 되었어요?' 라고 묻더군요. 저는 무심코 보트를 탔다가 그곳까지 오게 되었다고 대답했지요. 여자도 그렇게 해서 그 섬에 오게 되었다고 말했습니다.

여자는 자기가 사는 곳으로 저를 데리고 갔어요. 안으로 들어간 뒤 저는 '왜 어린애 목에 칼을 대려고 했어요?' 라고 물었지요. 여자는 '이 섬에 사는 거인을 위해서 이 애를 요리해야 되거든요. 그렇지 않으면 거인이 저를 죽일 테니까요.' 라고 대답했어요.

그 때 거인이 다가오는 발걸음 소리가 들렸습니다. 여자가 울음을 터뜨리며 '난 어쩌면 좋아? 어쩌면 좋아?' 라고 중얼거렸어요.

저는 가마솥이 있는 곳으로 다가가 미지근한 물이 담긴

가마솥 안으로 들어가 숨었어요. 거인이 '어린애를 삶았느냐?'라고 여자에게 물었지요. 여자는 '아직 익지 않았어요.'라고 대답했어요.

저는 가마솥 안에서 '엄마, 엄마, 나를 빨리 삶아요.'라고 소리쳤지요. 그러자 거인이 한바탕 크게 웃고 나더니 가마솥 밑에 장작을 쌓았어요.

저는 꼼짝없이 가마솥 안에서 삶아지게 되었지요. 그런데 다행히도 거인은 가마솥 옆에 누워서 잠이 들었어요. 가마솥 밑바닥이 뜨거워졌어요. 거인이 잠든 것을 확인한 여자는 뚜껑에 뚫린 구멍에 입을 대고 제가 아직 살아있는지 물었어요. 저는 아직 살아있다고 대답했지요. 그리고 뚜껑에 난 큰 구멍으로 머리를 쑥 내밀었지요. 궁둥이를 좀 긁히기는 했지만 저는 가마솥에서 빠져 나올 수가 있었어요.

그 다음에는 어떻게 해야 좋을지 통 모르겠더군요. 거인을 죽일 무기라고는 거인이 가지고 있는 무기밖에 없다고 여자가 말했어요. 저는 그의 창을 잡아당기기 시작했어요. 그런데 놈이 숨을 들이쉬면 저는 그 놈의 목구멍 속으로 빨려 들어갈 것만 같았고, 놈이 숨을 내쉬면 저 멀리 밀려 나가고는 했어요. 하여간 기를 쓰고 저는 창을 빼냈어요. 그러나 창이 너무나도 무거워서 저는 마음대로 그 창을 휘두를 수가 없었어요.

이마 한가운데 눈이 하나 달린 거인은 무시무시하게 생겨서 저 같은 놈은 감히 공격할 엄두가 나지 않았어요. 어쨌든 저는 창을 들어서 거인의 눈을 찔러버렸지요. 놈이 고개를 쳐들자 창 자루 끝이 동굴의 천장에 닿는가 하면 창날 끝이 놈의 뒤통수로 빠져 나왔어요. 그래서 놈은 싸늘한 시체로 변하고 말았지요.

폐하! 제가 그 때 얼마나 기뻤는지요! 저는 여자와 어린애를 데리고 바깥으로 나가서 하룻밤을 지낸 다음에 바닷가로 가서 보트를 타고 다시 섬으로 갔어요. 그리고 여자와 어린애를 태우고 육지로 간 다음 저는 집으로 돌아갔어요."

코널의 이야기를 듣고 있던 로클란 왕의 어머니가 왕에게 물었다.

"그 때 그 섬에 있던 어린애가 바로 네가 아니냐?"

왕이 "그래요."라고 대답했다.

왕의 어머니는 "아, 나도 그 섬에 있었지. 그러니까 코널이 너를 구해준 거야. 코널은 네 생명의 은인이구나."라고 말했다.

그들은 모두 크게 기뻐했다. 이윽고 왕이 말했다.

"갈색 말은 이제 네 것이다. 그리고 내 보물창고에서 얼마든지 꺼내서 네 자루를 채워 가져가라."

35

다음 날 아침 일찍 코널이 일어나 금화와 은화와 보석으로 자기 자루를 가득 채웠다. 그리고 세 아들과 함께 떠나 에린의 자기 집으로 돌아갔다. 그는 보물이 든 자루를 집에 둔 채 갈색 말을 끌고 왕에게 갔다. 왕과 코널은 예전보다 한층 더 친한 친구가 되었다. 코널은 집으로 돌아가서 크게 잔치를 열었다. 그리고 그 후에도 날마다 크게 잔치를 베풀었다.

임금은 신화의, 아버지는 자식의, 남편은 아내의 모범이 되어야 한다. - 공자

내 꿈이 뭔지 맞춰봐

옛날에 아일랜드에 맬컴 하퍼라는 남자가 살고 있었다. 그는 정직하고 훌륭한 사람이었고 재산도 꽤 많았다. 아내가 있었지만 자녀는 한 명도 없었다.

어느 날 점쟁이가 마을에 나타났다는 말을 들은 그는 그 점쟁이를 집으로 불러오고 싶었다. 점쟁이가 스스로 찾아갔는지, 아니면 맬컴이 초대했는지는 몰라도 하여간 점쟁이가 그의 집에 나타났다. 맬컴이 물었다.

"점을 칩니까?"

"그럼요."

"그렇다면 날 위해서 점을 좀 쳐주세요."

"어떤 점을 원하지요?"

"앞으로 내 운명이 어떻게 될지 말해 주세요."

"밖으로 나갔다가 돌아와서 점을 쳐주지요."

집에서 나갔다가 얼마 후 돌아온 점쟁이가 말했다.

"아일랜드 역사이래 가장 많은 피가 당신의 딸 때문에 흘려질 겁니다. 그리고 역사상 가장 용감한 영웅 세 명이 당신 딸 때문에 목숨을 잃을 겁니다."

37

얼마 후 맬컴에게 딸이 태어났다. 그는 자기와 유모 이외에는 아무도 집에 들어오지 못하게 했다. 그리고 유모에게 말했다.

"이 애를 아주 먼 곳으로 데려다가 당신이 키우시오. 아무도 이 애를 보거나 이 아이에 관한 이야기를 들어서는 안 됩니다."

유모가 그렇게 하겠다고 대답했다. 그래서 맬컴은 부하 셋과 유모와 딸아이를 데리고 아무도 모르게 아주 먼 곳의 높은 산으로 올라갔다. 산꼭대기의 둥그런 초원 한가운데를 깊이 파고는 그 위에 풀로 만든 지붕을 잘 덮었다. 몇몇 사람이 편하게 지낼 곳이 생겼다.

맬컴의 딸 데이드레이와 유모는 아무에게도 알려지지 않은 채 그녀가 열여섯 살이 될 때까지 산 속에서 살았다. 데이드레이는 하얀 나뭇가지처럼 무럭무럭 자랐다. 아일랜드에서 가장 날씬한 몸매와 가장 아름다운 얼굴과 가장 친절한 성격을 지닌 여자가 되었다.

유모는 자기가 가진 모든 기술과 지식을 그녀에게 가르쳐주었다. 그녀는 산에서 자라는 모든 나무와 숲에서 노래하는 모든 새와 하늘에 빛나는 모든 별의 이름을 알았다. 다만 그녀는 아무도 만나지 않고 아무에게도 말을 걸지 않았다.

저건 왕의 백조들이 우는소리가 아니라,
위험에 빠진 여자가 지르는 비명소리야.

검은 구름이 하늘을 뒤덮은 어느 겨울날 밤에 사냥꾼 한 사람이 산을 뒤지고 돌아다니다가 길을 잃고 동료들과도 떨어져서 외톨이가 되었다. 지친 몸을 이끌고 산 속을 헤매던 그는 졸려서 그만 데이드레이가 사는 곳 근처의 아름다운 언덕에서 잠이 들었다.

그는 굶주림과 피로 때문에 쓰러졌고 온몸이 얼어붙어서 깊은 잠에 골아 떨어지고 만 것이다. 그는 꿈자리가 뒤숭숭했다. 그는 꿈에서 자기가 요정들이 노래를 부르고 있는 따뜻한 동굴을 보았다. 그래서 자기를 동굴 안으로 들어가게 해 달라고 요정들에게 소리쳤다.

그 고함소리를 데이드레이가 듣고는 유모에게 말했다.

"저게 무슨 소리예요?"

"아무것도 아냐. 공중에서 길을 잃은 새들이 서로 부르는 소리야. 멀리 숲으로 날아가라고 내버려 둬. 여긴 새들을 보살필 자리가 없어."

"저 새는 자기를 안으로 들어가게 해 달라고 주님의 이름으로 부탁하고 있어요. 주님의 이름으로 요청하면 뭐든지 들어주라고 당신은 내게 가르쳤잖아요. 굶주림과 추위에 죽어가는 새를 안으로 받아들이지 않는다면 난 이제부터 당신 말을 믿지 않을 거예요. 어쨌든 난 당신의 말과 가르침을 믿었으니까 내 손으로 저 새를 안으로 들이겠어요."

그래서 데이드레이가 자리에서 일어나 풀잎으로 덮은 오두막집 대문의 빗장을 풀고 사냥꾼을 안으로 들였다. 그리고 의자를 가져다 놓고 먹을 것과 마실 것을 차려주었다. 늙은 유모가 사냥꾼에게 이렇게 말했다.

"침울한 겨울날 밤에 아늑한 휴식처를 제공받았으니 보답한다는 뜻에서 입을 다물고 아무것도 묻지 마세요."

사냥꾼이 대답했다.

"시키는 대로하겠어요. 그렇지만 저렇게 아름다운 여자를 사람들이 본다면 잠시도 가만히 내버려두지 않을 것입니다."

데이드레이가 "당신이 말하는 그들은 누구지요?"라고 물었다.

"위스네크의 아들 나오이스, 알렌 그리고 아르덴입니다."

"어떻게 생긴 사람들인가요?"

"머리카락은 새까맣고 피부는 호수에 떠다니는 백조처럼 새하얗고 두 뺨은 암송아지의 피처럼 빨갛지요. 그들은 격류의 연어처럼, 회색 산비탈의 사슴처럼 엄청나게 빠른

속도로 달리지요. 특히 나오이스는 아일랜드에서 가장 뛰어난 인물입니다."

유모가 쏘아 붙쳤다.

"그들이 어떻게 생겼든 아무 상관도 없는 일이지요. 어서 여기를 떠나 딴 데로 가세요. 난 당신 같은 사람과 상대 안 해요. 저 애는 공연히 사람을 안으로 끌어들인 거야."

사냥꾼이 그곳을 떠난 뒤 곧장 코넌차르 왕의 왕궁으로 갔다. 그리고 왕에게 꼭 드릴 말씀이 있다고 말했다. 보고를 받은 왕이 무슨 말이냐고 물었다. 사냥꾼이 대답했다.

"폐하, 저는 이 나라에서 가장 아름다운 미인을 만나보았기 때문에 여기 왔습니다."

"그 미인은 누구며 어디에서 살고 있지? 정말 네 눈으로 보았단 말인가?"

"제 눈으로 똑똑히 보았어요. 다만 제가 안내하지 않으면 아무도 거기 갈 수가 없지요."

"네가 길을 안내하면 상금을 두둑하게 주겠다."

"기꺼이 안내를 해드리겠어요. 그렇지만 그 여자들은 사람들이 찾아오는 걸 싫어할 겁니다."

얼스터 지역의 왕인 코넌차르는 가까운 친척들을 불러 모은 뒤에 자기 속마음을 털어놓았다. 바위 동굴과 숲 속에서 새들이 지저귀기 시작하기도 전에 왕이 더 일찍 일어나서 가까운 일행을 거느린 채 떠났다.

어슴프레 동녘이 터 오는 5월의 새벽은 공기가 참으로 맑았다. 나뭇잎과 풀잎마다 이슬이 초롱초롱 맺혀 있었다. 길이 너무 멀고 험해서 많은 젊은이들이 지쳐서 비틀거렸다. 이윽고 사냥꾼이 말했다.

"저기 계곡 아래 숲에서 그녀가 사는 오두막집이 있지요. 저는 늙은 유모 때문에 더이상 가까이 가지 않겠어요."

코넌차르 왕이 일행을 데리고 계곡으로 내려가 문을 두드렸다. 유모가 안에서 대꾸했다.

"왕의 명령을 가지고 온 군대가 아니라면 난 오늘밤 이 오두막을 나서지 않을 겁니다. 당신은 누구요?"

"난 얼스터의 왕 코넌차르다."

문 앞에서 그 말을 들은 유모가 허겁지겁 일어나서 왕을 안으로 모셨다. 일행도 일부는 안으로 들어섰다.

자기 앞에 서 있는 데이드레이를 바라본 왕은 그렇게 아름다운 여자를 낮에는 물론이고 꿈속에서조차 본 적이 없었다. 그래서 한 눈에 반해 버렸다. 왕을 따르던 영웅들이 어깨 위에 데이드레이를 태우고 왕궁으로 돌아갔다. 유모도 그 뒤를 따라갔다.

그녀를 너무나도 사랑하게 된 왕은 당장에 그 자리에서 결혼하기를 원했다. 그러나 그녀는 왕에게 이렇게 말했다.

"일년 하고 또 하루만 기다려 주시면 좋겠어요."

"일년 뒤에 반드시 나와 결혼하겠다고 약속한다면 어려운 부탁이긴 해도 허락하겠다."

그녀가 왕에게 약속했다. 왕은 그녀에게 여자 가정교사와 밤낮으로 시중을 들 시녀들을 붙여 주었다.

어느 날 데이드레이가 시녀들을 데리고 언덕에 올라가 경치를 감상하면서 맛있는 음료수를 마시고 있었다. 마침 그 때 길을 걸어오는 남자들이 눈에 띄었다. 어떤 사람들인가 그녀는 궁금하게 여겼다. 그들이 가까이 다가왔을 때 그녀는 비로소 사냥꾼이 한 말을 기억해 냈다. 그래서 그들이 위스네크의 세 아들이라고 생각했다. 나오이스는 아일랜드의 그 누구보다도 키가 훨씬 컸다. 세 형제는 언덕에 있는 여자들을 거들떠보지도 않고 지나가 버렸다.

그녀는 나오이스에게 반해서 시녀들을 남겨둔 채 그들의 뒤를 따라갔다. 알렌과 아르덴은 얼스터의 왕 코년차르가 데려간 여자에 관해서 알고 있었다. 아직 왕과 결혼하지 않았기 때문에 나오이스가 그녀를 보면 자기 혼자 차지할 것이라고 생각했다. 데이드레이가 뒤를 따라오는 것을 본 그들은 앞으로 갈 길도 멀고 해가 저물어가고 있으니 걸음을 재촉하자고 말했다. 그래서 그들은 아주 빨리 걸어갔다. 멀리 떨어지게 된 그녀가 소리쳤다.

"위스네크의 아들 나오이스! 나를 여기에 내버려 둘 셈
인가요?"

나오이스가 형제들에게 말했다.

"저렇게 목이 터져라 부르짖는 소리는 무엇이지? 평생
동안 난 저렇게 아름다운 목소리를 들어본 적이 없어."

형제들이 대꾸했다.

"저건 코넌차르 왕의 백조들이 우는 소리에 불과해요."

"아니야. 저건 위험에 빠진 여자가 지르는 비명이야."

나오이스는 비명을 지르는지 여자가 누구인지 알아야겠
다고 맹세하고는 뒤로 돌아갔다. 그리고 데이드레이를 만났다. 그녀는 나오이스에게 세 번 키스하고 다른 두 형제에게는 한 번씩 키스했다. 그녀는 흥분해서 얼굴이 새빨갛게 달아올랐다. 나오이스는 세상에서 그녀보다 더 아름다운 여자를 본 적이 없다고 생각해서 깊이 사랑에 빠졌다.

나오이스는 데이드레이를 등에 업고는 두 동생들에게 가던 길을 계속해서 가라고 재촉했다. 그들은 형이 지시하는 대로 따랐다.

한편 나오이스는 자기와 사촌 형제가 되는 얼스터의 왕 코넌차르가 비록 데이드레이와 결혼하지는 않았지만 그 여자 때문에 자기를 해칠까 두려워서 스코틀랜드로 건너갔다. 그리고 로크네스에 이르러 높은 탑을 쌓고 살았다. 그는 계곡에 나가 연어와 사슴을 잡았다. 나오이스와 데이드레이와 알렌과 아르덴은 거기서 행복하게 지냈다.

이윽고 일년이 지났다. 코넌차르 왕은 데이드레이가 나오이스와 결혼을 했든 안 했든 그녀를 강제로 빼앗기로 결심했다. 그래서 성대한 잔치를 벌이고는 모든 친척들을 초대했다. 나오이스가 참석하지 않을 것이라고 예측은 했지만 그래도 작은 아버지 페르차르 매크 로를 나오이스에게 파견해서 잔치에 오라고 불렀다.

페르차르와 그의 세 아들이 떠나서 나오이스가 사는 탑에 도착했고 나오이스와 형제들은 그들을 친절하게 맞이

했다. 대단한 영웅인 페르차르가 이렇게 말했다.

"코넌차르 왕은 나오이스와 그 형제들이 잔치에 참석하지 않으면 단 하루도 만족할 수 없다고 하늘과 땅과 태양에 걸고 맹세했다. 그래서 너희들을 초대한다는 말을 전하라고 우릴 보낸 것이다."

나오이스와 두 동생들이 대답했다.

"우린 당신과 함께 잔치에 가겠어요."

그러나 데이드레이는 잔치에 참석하지 말라고 나오이스에게 간청했다.

"나오이스, 내가 꿈을 꾸었는데 그 내용이 뭔지 알아맞혀 보세요."

그렇게 말한 다음 그녀가 노래를 불렀다.

위스네크의 아들 나오이스,
내가 꿈에 본 것을 이야기할 테니 잘 들어보세요.
남쪽에서 흰 비둘기 세 마리가 나타나더니
바다 위를 날아가고 있었어요.
그들의 부리에서는 꿀벌들의 벌집에서 떠낸
달콤한 꿀이 방울방울 떨어지고 있었어요.
위스네크의 아들 나오이스,
내가 꿈에 본 것을 이야기할 테니 잘 들어보세요.

DEIRDRE.
O NURSE WHAT
CRY IS THAT?

ONLY THE BIRDS OF THE AIR
CALLING ONE TO THE OTHER,—
THERE IS NO HOME FOR THEM HERE
LET THEM GO BY TO THE THICKET.

남쪽에서 회색 독수리 세 마리가 나타나더니
바다 위를 날아가고 있었어요.
그들의 부리에서는 새빨간 핏방울이 떨어졌는데
너무나도 무시무시하게 보였어요.

나오이스는 이렇게 대답했다.

"데이드레이, 그건 여자의 공연한 걱정이 꿈속에 나타
난 것에 불과해. 우리가 참석하지 않으면 코넌차르의 잔치
는 성공하지 못하거든."

페르차르 매크 로가 말했다.

"코넌차르가 친절을 베풀면 너도 친절을 베풀고 그가 분
노하면 너도 분노하라. 나와 내 세 아들은 네 편에 서겠다."

용감한 드룹, 억센 홀리, 미남 피알란 등 세 아들이 나오
이스의 편을 들겠다고 맹세했다.

페르차르는 나오이스와 두 형제가 다치거나 죽는 일이
생긴다면 자기와 세 아들이 아일랜드의 원수들을 모조리
죽여버리겠다고 맹세했다.

데이드레이는 스코틀랜드를 떠나고 싶지 않았지만 나오
이스를 따라가지 않을 수가 없었다. 그래서 울면서 이렇게
노래했다.

울창한 숲과 깊은 호수가 많은 스코틀랜드는
참으로 아름답고 정이 든 땅이지요.
이곳을 떠나기란 정말 괴로운 일이지만
나는 나오이스를 따라 이곳을 떠나요.

그들이 탄 배가 이틀 뒤에 아일랜드의 흰 해변에 도착했다. 페르차르는 코넌차르 왕에게 나오이스와 두 형제가 도착했다고 알리고 그들에게 왕이 친절을 베풀라고 요청했다. 왕은 이렇게 말했다.

"나는 그들이 오지 않을 줄 알았다. 그래서 맞아들일 준비를 못 했다. 그러니까 오늘밤은 저 아래 나그네들을 위한 집에서 머물도록 하라. 내일 그들을 내 집에 맞아들이겠다."

왕궁에 있던 왕은 나그네들을 위한 집에서 그들이 어떻게 지내고 있는지 몹시 궁금해져서 로클린 왕국의 왕자 겔반 그레드나크에게 말했다.

"네가 저 아래 집으로 가서 데이드레이가 여전히 아름다운지 살펴보고 와라. 그녀가 옛날처럼 아름답다면 나는 칼을 휘둘러서라도 뺏어오겠다. 그러나 예전처럼 아름답지 않다면 나오이스가 그녀를 차지하도록 내버려두겠다."

쾌활하고 멋지게 생긴 겔반이 위스나크의 아들들과 데

이드레이가 머물고 있는 집으로 내려갔다. 그리고 문틈으로 안을 엿보았다. 누군가가 그녀를 쳐다보고 있으면 그녀는 얼굴이 새빨갛게 달아오르고는 했다.

그녀의 얼굴을 쳐다본 나오이스는 수상한 사내가 문밖에서 안을 엿본다고 깨달았다. 그래서 주사위를 집어 세차게 내던졌는데 겔반의 한쪽 눈이 정통으로 맞아서 빠져버렸다. 겔반이 왕에게 돌아가자 왕이 말했다.

"저 아래로 내려갈 때는 유쾌하고 멋져 보였는데 왠지기가 죽고 꼴도 사납게 돌아왔구나. 무슨 일이 있었지? 하여간 넌 데이드레이의 얼굴과 자태가 예전과 똑같은지 살펴보았겠지?"

"제가 데이드레이를 쳐다보고 있을 때 나오이스가 주사위를 던져서 제 눈을 하나 빼어버렸어요. 그렇지만 저는 남은 눈으로 그녀를 다시 쳐다보고 싶은 심정이 굴뚝같아요."

"그렇다면 데이드레이는 여전히 아름답다는 말이구나. 자, 용사 삼백 명을 데리고 저 아래 집으로 달려가서 그녀를 데려오고 나머지는 모두 죽여라."

왕의 군대가 몰려오는 것을 본 데이드레이가 말했다.

"왕의 군대가 우릴 죽이러 와요."

나오이스가 대꾸했다.

"내가 직접 놈들을 처치하겠다."

용감한 드롭과 억센 홀리와 미남 피알란이 말했다.

"당신은 나서지 마시오. 아버지는 우리에게 당신들을 안전하게 보호하라고 명령했거든요."

용감한 세 형제가 달려나가서 코넌차르 왕의 군대를 3분의 2나 죽였다. 왕이 달려나가 화가 나서 소리쳤다.

"내 부하들을 죽이는 네 놈들은 누구냐?"

"우린 페르차르 매크 로의 세 아들이다."

"너희가 오늘밤 내 진영에 가담한다면 너희 할아버지와 아버지 그리고 너희 각자에게 푸짐한 상을 주겠다."

"그 따위 수작에 넘어갈 우리가 아니다. 우린 당신 제의를 거절하고 오늘 용감하게 싸운 이야기를 아버지에게 돌아가서 들려주겠다. 위스나크의 세 아들은 당신이나 우리에게 아주 가까운 친척인데도 당신은 그들과 우리들을 죽이려고 했거든."

그들이 페르차르에게 돌아갔다. 나오이스 일행은 그곳을 떠나 스코틀랜드로 돌아갔다. 그래서 왕이 드루이드 부족의 가장 우수한 마술사 두아난 가챠를 불러서 말했다.

"나는 네게 많은 돈을 주어서 네가 마술을 배우도록 했다. 나를 무시하고 떠난 저 놈들을 막을 방법이 없겠는가?"

"방법이 있습니다, 폐하."

마술사는 아무도 통과할 수 없는 엄청난 숲이 그들 앞을 가로막도록 만들었다. 그러나 나오이스와 두 형제는 거침없이 그 숲 속으로 들어갔다. 데이드레이는 나오이스의 손을 잡고 걸어갔다. 왕이 마술사에게 말했다.

"저 따위 숲이 무슨 소용인가? 놈들은 잠시도 멈추지 않고 전진하고 있다."

"다른 방법을 써보겠습니다."

마술사는 넓은 초원 대신에 깊은 바다가 그들을 가로막도록 만들었다. 세 형제는 옷을 벗어서 머리 위에 이었고 나오이스가 데이드레이를 자기 어깨 위에 올려놓았다. 그리고 마치 초원 위를 걸어가듯이 파도를 헤치고 앞으로 앞으로 나아갔다. 왕이 말했다.

"두어난! 저건 아무 소용도 없다!"

마술사는 바다를 꽁꽁 얼게 하고는 칼날처럼 날카롭게 된 파도 끝마다 독사의 독을 칠했다. 이윽고 아르덴이 너무나도 지쳐서 주저앉을 지경이 되어 비명을 질렀다. 나오이스가 소리쳤다.

"내 오른쪽 어깨에 올라앉아라."

아르덴이 나오이스의 어깨에 올라앉았지만 얼마 후 죽었다. 그러나 나오이스는 아르덴을 내려놓지 않았다. 이윽고 알렌이 녹초가 되어 죽을 지경이 되었다. 나오이스가 비통한 한숨을 내쉬더니 알렌에게 자기 손을 잡고 조금만

더 참으면 육지에 도착할 것이라고 말했다.

얼마 후 알렌도 기운이 다 해서 죽었다. 두 동생들이 죽은 것을 본 나오이스는 너무나도 슬퍼서 심장이 터져 버리고 말았다. 마술사가 왕에게 이렇게 말했다.

"놈들이 다 죽었으니 저는 폐하의 소원을 성취시켰습니다. 위스나크의 세 아들이 이제는 폐하를 괴롭힐 수 없습니다. 데이드레이는 폐하의 것입니다."

"네게 많은 돈을 준 보람이 있구나. 자, 바닷물을 없애 버려라. 그래야 내가 그녀를 볼 수가 있다."

두르이드 부족의 마술사 두아난 가챠가 바닷물을 없애 버리자 위스나크의 세 아들이 죽어서 초원에 나란히 누워 있게 되었다. 데이드레이는 그들을 붙들고 엉엉 울면서 이렇게 탄식했다.

"아름다운 사람이여, 사랑하는 사람이여, 고귀하고 용감한 영웅이여! 이제부터 나는 아무것도 먹지 않고 웃지도 않을 거예요. 나의 심장이여, 오늘은 터지지 마라. 나도 곧 죽을 테니까. 코넌차르여, 슬픔의 파도가 강하지만 슬픔 자체는 한층 더 강하다는 것을 잘 알아두세요."

사람들이 시체 주위에 모여들고는 왕에게 어떻게 처리할 지 물었다. 왕은 커다란 구덩이를 파고 세 형제를 나란히 묻으라고 명령했다. 데이드레이가 말했다.

"내 사랑 나오이스는 여기 놓으세요. 아르덴과 알렌도 바싹 붙여 놓으세요. 그리고 데이드레이를 위해서도 자리를 마련해 주세요."

사람들은 그녀가 원하는 대로 구덩이를 좀더 넓게 팠다. 그러자 데이드레이가 구덩이로 뛰어들어서 나오이스 옆에 눕더니 즉시 숨을 거두었다. 왕은 그녀의 시체를 꺼내서 호수 건너편에 묻으라고 지시했다.

데이드레이의 무덤에서 전나무가 한 그루 솟아났고 나오이스의 무덤에서도 역시 전나무 한 그루가 솟아났다. 그리고 그 가지들이 호수 위로 뻗어서 하나로 연결되었다.

왕은 연결된 가지들을 잘라버리라고 명령했다. 두 번이나 잘라낸 뒤 세 번째가 되자 죽은 사람들에 대한 사악한 복수를 더 이상은 하지 말라고 왕비가 말렸다. 왕이 그 말을 듣고 드디어 복수를 단념했다.

사랑하거나 미워하는 것은 우리 힘이 미치지 못하는 것이다. 우리의 의지는 운명의 지배를 받기 때문이다. – C. 말로

세상에서 가장 아름다운 공주

마요 마을에 굴리쉬라는 소년이 살고 있었다. 소년의 집에서 약간 떨어진 곳에는 세상에서 가장 멋진 동굴이 있었는데 그는 집 주위의 푹신한 풀밭에 앉아서 시간을 보내는 버릇이 있었다.

어느 날 밤 벽에 비스듬히 기댄 채 고개를 하늘로 향하고는 저 높이 뜬 아름다운 달을 마냥 바라보기만 했다. 그런 자세로 두 시간 가량 지났을 때 그는 혼잣말로 중얼거렸다.

"내가 여기를 평생 벗어나지 못하다니. 속이 상해서 못 견디겠어. 여기를 떠날 수만 있다면 세상 그 어느 구석으로 가도 좋겠다. 쟁반 같이 둥근 흰 달아, 넌 하늘을 마음대로 돌아다니지만 아무도 너를 붙잡아두지 못하니 얼마나 좋니?"

그 말이 떨어지기가 무섭게 그의 귀에는 엄청나게 시끄러운 소리가 들려왔다. 수많은 사람이 한꺼번에 달려가고 큰소리로 웃거나 서로 불러대면서 장난치는 것 같은 대단한 소음이었는데 그것은 한 줄기 회오리바람처럼 그의 곁을 스쳐 지나가서 동굴 속으로 사라졌다.

"아이쿠, 이게 뭐야? 저건 너무나도 즐겁게 노는 소리잖아! 따라가 봐야지."

그것은 한 떼의 요정이 아니고 무엇이었겠는가? 그러나 굴리쉬는 처음에 그런 사실도 몰랐고 동굴 속에 있는 사람들이 요란하게 떠드는 줄로 알고는 동굴 안으로 들어갔다.

풀파르니! 폴포르니! 라플레이후타! 룰리야불리야!

수많은 요정들이 저마다 목청껏 그렇게 외쳐댔는데 그것은 '나의 말, 고삐 그리고 말안장! 나의 말, 고삐 그리고 말안장!'이라는 뜻이었다. 그래서 굴리쉬가 중얼거렸다.

"아니! 이거 아주 재미있는데? 어디 나도 따라해 볼까?"

그래서 그는 요정들이 하는 대로 "나의 말, 고삐 그리고 말안장! 나의 말, 고삐 그리고 말안장!"이라고 소리쳐 보았다. 그랬더니 순식간에 황금 고삐에 은으로 된 안장이 얹혀진 멋진 말이 바로 그의 코앞에 버티고 서 있었다.

그는 펄쩍 뛰어서 말을 타고 주위를 둘러보았다. 동굴은 수많은 말이 가득 채웠고 꼬마 요정들이 말을 타고 달리는 중이었다. 그 광경이 그의 눈에 똑똑히 보인 것이었다.

한 요정이 소리쳤다.

"굴리쉬! 오늘밤 우리와 함께 가겠어?"

"물론이지!"

"그렇다면 좋아. 자, 따라와!"

요정들과 그는 모두 바람처럼 동굴 밖으로 달려나갔다. 사냥터에서 달리는 그 어떠한 말보다도 더 빨리, 그리고 사냥개에게 쫓기는 여우보다도 더 빨리 그들은 달렸다.

앞에서 달려가는 싸늘한 겨울바람을 그들이 따라잡았고 뒤쳐진 겨울바람은 그들을 다시는 앞지르지 못했다. 드넓은 바다에 이르기까지 그들은 잠시도 쉬지 않고 달리기만 했다. 그러나 바닷가에 이르자 요정들이 일제히 외쳤다.

"내 모자보다 더 높이! 내 모자보다 더 높이!"

그 순간 일행은 모두 하늘 높이 날아올라 갔다. 굴리쉬는 어떻게 된 영문인지 도무지 알 수가 없었는데 어느덧 다시금 마른 땅에 내려앉아서 바람처럼 달리고 있는 것이었다. 드디어 모두 말을 멈추었다. 한 요정이 그에게 물었다.

"우리가 지금 어디 왔는지 알아?"

"통 모르겠어."

"여긴 프랑스야. 오늘밤 프랑스의 공주가 결혼을 해. 세상에서 제일 아름다운 여자이기 때문에 우린 있는 힘을 다

해 그녀를 빼내서 데려가려는 거야. 우리가 그녀를 빼낸
다음 네 등뒤에 태워야 하니까 너도 우릴 따라와야 돼. 우
리 중에는 아무도 그녀를 등뒤에 태울 수가 없거든. 그렇
지만 넌 살아있는 사람이니까 그녀가 네 허리를 꽉 잡고
말에서 떨어지지 않을 수가 있지. 굴리쉬, 알겠어? 우리가
시키는 대로 하겠어?"

"군소리 할 게 뭐 있어? 시키는 대로 할 테니 염려 마."

모두 말에서 내렸다. 한 요정이 굴리쉬가 알아듣지 못하
는 말로 뭐라고 중얼거리자 순식간에 모두 공중으로 올라
가더니 이어서 모두 왕궁으로 들어갔다. 거기서는 화려한
잔치가 벌어졌다. 프랑스의 귀족이 한 명도 빠짐없이 참석
했는데 그들은 모두 비단과 공단으로 지은 옷을 입고 금과
은으로 된 장신구로 치장하고 있었다.

등불과 촛불이 있는 대로 다 밝혀졌기 때문에 밤에도 왕
궁이 대낮처럼 휘황찬란했다. 굴리쉬는 어리둥절 못하고
두 눈을 여러 번 깜박거렸다. 그렇게 성대한 잔치는 난생
처음 보았던 것이다. 백 개가 넘는 식탁이 놓이고 식탁마

다 각종 요리와 과자와 케이크가 넘치는데다가 포도주에 맥주에 온갖 음료가 풍성했다.

그리고 드넓은 홀의 양쪽에서 악사들이 생전 들어보지도 못한 아름다운 음악을 연주했고 젊은 남녀들이 춤을 추면서 빙글빙글 도는데 하도 빨리 돌아서 굴리쉬는 정신을 차릴 수가 없을 지경이었다. 그러한 잔치는 프랑스에서 20년만에 처음 열리는 것이었기 때문에 참석한 귀족 남녀들은 마음껏 웃으면서 떠들고 즐겼다.

왕은 자녀를 모두 잃고 오로지 외동딸만 데리고 살다가 그 딸이 그날 밤 다른 나라의 왕자와 결혼하게 되었다. 잔치는 사흘간 계속되었고 사흘째 밤에 공주가 결혼하는데 바로 그날 밤에 요정들이 공주를 데려가려고 거기 도착했다.

굴리쉬와 요정들은 화려하게 장식된 제대 근처에 서 있었는데 주교가 결혼식을 거행하려고 거기서 대기중이었다. 요정들은 거기 들어설 때 주문을 외웠기 때문에 아무도 그들을 볼 수가 없었다. 굴리쉬는 눈부신 광채와 떠들썩한 소리에 어느 정도 익숙해진 다음에서야 요정에게 물었다.

"누가 공주지?"

"바로 저기 있는 여자야."

굴리쉬는 요정이 손가락으로 가리키는 곳을 바라보았

다. 그의 눈에는 공주가 세상에서 가장 아름다운 여자로 보였다. 그녀의 얼굴은 장미나 백합보다 더 아름답고 팔과 손은 눈처럼 희며 입술은 잘 익은 딸기처럼 붉었다. 발은 손처럼 작으면서도 걸음걸이가 아주 경쾌했고 치렁치렁한 금발이 호리호리한 몸매인 그녀의 등으로 흘러내렸다. 금실과 은실로 수놓은 옷을 입은 그녀가 손가락에 끼고 있는 반지의 보석은 태양처럼 눈부시게 빛났다.

굴리쉬는 그녀가 너무나도 아름답고 사랑스러워서 눈이 멀 지경이었다. 그러나 자세히 살펴보니 그녀는 울고 있는 것이 분명했다. 얼굴에 눈물 자국이 남아 있었다.

"너나 할 것 없이 모두 즐겁게 놀고 있는데 공주만 슬퍼한다니 말이 안 돼."

그의 말에 꼬마 요정이 대꾸했다.

"흥! 공주는 사랑하지도 않는 남자와 억지로 결혼하게 되었으니까 슬퍼하는 게 당연해. 왕은 원래 그녀가 15살이 되던 삼년 전에 결혼시키려고 했지. 그렇지만 그녀는 자기가 너무 어리니까 좀더 기다려 달라고 말했어. 왕이 일년 기다리기로 했다가 다시 일년을 연장했어. 그러나 오늘밤 그녀가 18세가 되어 왕은 단 하루도 더 미룰 수가 없다는 거야."

그 요정은 보기 싫게 입술을 비죽 내밀면서 말을 이었다.

"천하에 어떤 왕자라 해도 저 공주와 결혼하게 내버려 둘 수는 없어."

그 말에 굴리쉬는 젊고 아름다운 공주에 대해서 한없는 동정심을 느꼈다. 그녀가 사랑하지도 않는 남자와 결혼하는 것보다 더 불행한 것은 못 생긴 요정의 아내가 되어야만 한다는 사실이다. 그 생각을 하니 몹시 가슴이 아팠지만 그는 아무 말도 하지 않았다.

다만 공주를 아버지와 조국의 품에서 강탈해가려는 요정들을 도와주어야 하는 자신의 불행한 신세를 속으로 한없이 원망했다. 이윽고 그는 공주를 구출할 방법을 궁리하기 시작했지만 뾰족한 수가 머리에 도무지 떠오르지 않았다.

"아! 공주를 도와줄 수만 있다면 난 목숨을 바쳐도 좋아. 그렇지만 묘수가 전혀 없잖아!"

왕자가 공주에게 다가가서 키스하려고 하는 모습이 그의 눈에 들어왔다. 그러나 공주는 고개를 돌려 버렸다. 왕자가 공주의 부드러운 손을 잡고 춤을 추러 가는 것을 볼 때 그는 한층 더 동정심을 느꼈다. 그들이 춤을 추면서 굴리쉬 근처에 왔을 때 그는 공주의 눈에 눈물을 글썽이는 것을 분명히 보았다.

춤이 끝나자 공주의 부모인 늙은 왕과 왕비가 앞으로 나서더니 주교가 결혼식을 거행하여 공주의 손가락에 결혼

반지를 끼워주고 그녀를 왕자의 아내로 내주어야 할 때가 되었다고 선언했다.

왕이 왕자의 손을 잡고 왕비가 공주의 손을 잡고는 수많은 귀족들을 거느린 채 제대를 향해서 걸어갔다. 그들이 제대에서 4미터 가량 다가갔을 때 꼬마요정이 공주 앞에 자기 발을 내밀어 공주를 넘어뜨렸다.

그런 다음 요정은 손에 든 어떤 물건을 공주 위에 던지면서 주문을 외웠다. 그러자 공주가 모든 사람의 시야에서 사라졌다. 요정의 주문 때문에 아무도 공주를 볼 수가 없었기 때문이다. 꼬마 요정이 공주를 잡아채서 굴리쉬의 등 뒤에 일으켜 세웠다. 그들이 홀을 빠져나가는데도 아무도 그들을 볼 수가 없었다.

맙소사! 이게 무슨 날벼락인가! 사람들은 모두 놀라서 고함치고 비탄에 잠겼다. 그리고 사방을 구석구석 뒤져서 공주를 찾았지만 공주가 보일 리가 없었다. 굴리쉬와 요정과 공주는 사람들의 눈에 보이지 않았기 때문에 아무런 거리낌도 없이 왕궁을 벗어났다. 요정들이 너나 할 것 없이 소리쳤다. 굴리쉬도 역시 소리쳤다.

"나의 말, 고삐 그리고 말안장! 나의 말, 고삐 그리고 말안장!"

그러자 말이 바로 옆에 나타났다. 꼬마 요정이 굴리쉬에

게 말했다.

"자, 굴리쉬, 말에 올라 타. 그리고 공주를 네 등뒤에 태
워. 그럼 이제 출발하자. 머지않아 아침이 될 테니까 말야."

굴리쉬는 공주를 말에 태운 후 자기도 올라타며 크게 소
리쳤다.

"달려라!"

그러자 모든 말이 전속력으로 달려서 바닷가에 이르렀
다. 모든 요정들이 외쳤다. 굴리쉬도 따라서 외쳤다.

"내 모자보다 더 높이! 내 모자보다 더 높이!"

그 순간 모든 말이 공중으로 치솟더니 구름 위를 달려서

아일랜드에 도착했다. 그들은 멈추지 않고 계속 달려서 굴리쉬의 집과 동굴이 있는 곳으로 갔다. 그러나 요정들이 저 멀리 앞서서 달릴 때 굴리쉬는 몸을 돌려서 두 팔로 공주를 껴안은 채 말에서 뛰어내렸다. 그리고 외쳤다.

"하느님의 이름으로 맹세한다. 이 여자를 내가 맡겠다!"

바로 그 순간 굴리쉬의 말이 땅바닥에 곤두박질해서 사라져 버렸다. 그 자리에 남은 것이라고는 쟁기 자루뿐이었다. 요정의 말도 모두 사라지고 대신 그 자리에 빗자루, 부러진 지팡이, 소나무 가지 따위만 남았다. 굴리쉬가 외치는 소리를 들은 요정들이 일제히 고함쳤다.

"야, 굴리쉬! 멍청한 어릿광대! 도둑놈아! 너한테 아무 이익도 없는 짓인데, 왜 우릴 속이는 거냐?"

그러나 그가 하느님의 이름으로 공주를 맡았기 때문에 아무리 요정들이라고 해도 공주를 뺏어갈 힘이 없었다.

"야, 굴리쉬! 우리가 그렇게도 친절하게 널 대우했는데 고작 이런 식으로 배신한단 말이냐? 우리가 프랑스에 다녀온 보람이 하나도 없다니! 멍청한 어릿광대야! 좋다! 다음에 넌 톡톡히 대가를 치를 거야. 넌 후회하고 말 거야."

왕궁에서 그에게 공주가 누구인지 가르쳐주었고 또 공주에게 주문을 외면서 머리 위를 살짝 때린 그 꼬마 요정이 말했다.

"저놈이 공주를 맡아도 아무 이익도 못 볼 거야. 지금부터 공주는 말을 전혀 하지 못하니까. 굴리쉬! 벙어리 공주가 네게 무슨 소용이 있겠어? 자, 갑시다! 굴리쉬! 두고 보자!"

굴리쉬가 뭐라고 대꾸하기도 전에 꼬마 요정이 두 팔을 뻗치고 주문을 외웠다. 그러자 요정들이 모두 동굴로 사라지고 말았다. 굴리쉬가 공주를 향해 말했다.

"다행히도 요정들이 모두 사라졌군. 하느님 감사합니다. 공주님, 요정들보다는 나하고 사는 게 더 낫지 않아요?"

공주는 아무런 대꾸도 하지 않았다. 그래서 굴리쉬는 그녀가 너무 슬프고 겁이 나서 말을 못한다고 생각했다.

"죄송하지만 오늘밤은 우리 아버지 집에서 지내야 되겠어요. 원하시는 게 있으면 뭐든지 말하세요. 힘껏 도와드리겠어요."

아름다운 공주는 여전히 침묵했다. 그러나 눈에는 눈물이 글썽였고 얼굴이 창백해졌다가 붉게 홍조를 띄우고는 했다.

"공주님, 이제부터 내가 어떻게 해주기를 원하는지 말해 보세요. 나는 당신을 납치한 저 보기 싫은 요정들과 절대로 한 패가 아니었어요. 정직한 농부의 아들입니다. 그런데 어찌된 영문인지도 모르게 저놈들과 함께 프랑스에 간 겁니다. 당신을 왕궁으로 돌려보낼 수만 있다면 그렇게 하겠어요. 자, 내게 무슨 일이든지 시키세요. 뭐든지 다 하겠어요."

굴리쉬가 공주의 얼굴을 쳐다보았다. 그녀는 뭔가 말을 하려고 입술을 움직이는 것이 보이기는 했지만 아무 말도 그의 귀에 들리지 않았다.

"당신이 벙어리가 되다니 이건 말도 안 돼요. 오늘밤 왕궁에서 당신이 왕자에게 대꾸하는 걸 내가 들었는데… 저 망할 놈의 요정이 더러운 손으로 당신 턱을 탁 쳤을 때 당신을 벙어리로 만들었단 말인가요?"

공주가 부드럽고 흰 손을 들어 손가락으로 자기 혀를 만지면서 자기가 말할 수 있는 능력을 잃어버렸다고 알려주었다. 그리고 하염없이 눈물을 흘렸다. 굴리쉬의 눈에서도 눈물이 흘렀다. 들에서 거친 농사 일을 하고 살아왔지만 그는 마음씨가 매우 착했기 때문에 불행한 처지에 빠진 공주의 모습을 보고 동정하지 않을 수가 없었던 것이다.

그는 앞으로 어떻게 해야 좋을지 궁리하기 시작했다. 우선은 공주를 아버지의 집으로 데리고 가기가 내키지 않았다. 자기가 프랑스에 가서 왕의 딸을 데리고 왔다고 말해도 아무도 믿어주지 않을 것이 뻔했다. 게다가 사람들이 공주를 놀리거나 모욕을 줄까 두려웠다.

그렇게 걱정하면서 망설이고 있다가 문득 마을의 본당

신부를 기억해 냈다.

"그래, 좋은 수가 있어. 신부님 댁으로 데리고 가야지. 신부님은 거절하지 않고 공주를 잘 보살펴 줄 거야."

굴리쉬는 공주를 자기 아버지의 집으로 데려가지 않고 자기와 아주 친한 신부의 집으로 데려갈 것이라고 설명해 주었다. 그리고 공주가 거기에서 머물기를 원한다면 신부가 그녀를 잘 보살펴줄 것이라고 말했다. 혹시 공주가 다른 곳으로 가기를 원한다면 그곳으로 데려다 주겠다고 덧붙였다.

공주는 고개를 숙여서 고맙다는 뜻을 표시했다. 그리고 굴리쉬가 어디로 데려가든지 자기는 기꺼이 따라갈 작정이라고 손짓으로 알렸다.

"그렇다면 신부님 집으로 갑시다. 그는 내게 신세를 진 것이 있어서 내가 요청하는 일은 뭐든지 들어주거든요."

이윽고 그들은 신부의 집을 향해서 걸어갔다. 동녘이 훤하게 밝아올 무렵 신부님 집 문 앞에 이르렀다. 굴리쉬가 요란하게 문을 두드리자 이른 새벽인데도 신부가 잠자리에서 일어난 뒤 직접 문을 열어주었다. 그리고 굴리쉬와 공주를 보고는 크게 놀랐다. 그들이 결혼하기 위해 찾아온 것이라고 신부는 확신했기 때문이다.

"굴리쉬, 넌 여태껏 성실하고 착한 청년이었잖아? 그런데 애인을 데리고 와서 결혼하겠다면 이렇게 꼭두새벽이 아니라 10시나 12시에 찾아올 순 없어? 해도 뜨기 전에 내가 널 어떻게 결혼시켜 주겠어? 게다가 교회의 절차를 따라야만 정당한 결혼이 되는데 말야! 아이고 골치야!"

신부가 젊은 여자를 자세히 살펴보고 나서 물었다.

"누가 널 여기 데려왔지? 굴리쉬! 이 여잔 누구냐? 어떻게 이 여자를 데려왔지?"

그래서 굴리쉬가 대꾸했다.

"신부님! 원하신다면 이 여자를 저나 다른 누구하고도 결혼시키세요. 그렇지만 지금 전 결혼시켜달라고 찾아온 게 아니에요. 다만 이 젊은 여자에게 머물 곳을 제공해 달라고 요청하려는 겁니다."

신부는 굴리쉬의 머리가 열 개라도 되는 듯이 놀란 눈으로 쳐다보았다. 그러나 더이상 질문하지 않은 채 모두 안으로 들어오라고 말했다. 그들이 안으로 들어서자 신부가 문을 닫고는 응접실로 인도해서 앉을 자리를 권했다.

"이거 봐, 굴리쉬! 이 젊은 여자가 누구인지 솔직하게 말해. 네가 정말 머리가 돌았는지, 아니면 날 놀릴 작정인지도 말해 봐."

"전 거짓말을 하는 것도 아니고 신부님을 놀릴 작정도 아니에요. 저는 프랑스 왕의 왕궁에서 이 젊은 여자를 데리고 왔어요. 이 여자는 프랑스의 공주예요."

　이윽고 굴리쉬가 처음부터 끝까지 신부에게 자세히 이야기해 주었다. 신부는 하도 놀라서 가끔 소리를 치거나 손뼉을 치지 않을 수가 없을 지경이었다. 굴리쉬는 왕궁에서 거행될 결혼식에 대해서 공주가 불만을 품고 있다고 생각했을 뿐만 아니라 공주의 두 뺨이 새빨갛게 물든 것을 보고는 그녀가 자기가 미워하는 남자와 결혼하면 한층 더 불행해 질 것이 뻔하다고 단정했다는 말도 했다.

　신부가 그녀를 집에 머물게 해준다면 고맙겠다고 굴리쉬가 말하자 친절한 신부는 그가 원하는 기간 동안 얼마든지 그녀를 자기 집에 받아들이겠다고 대답했다. 그러나 공주를 프랑스 왕에게 돌려보낼 방법이 없기 때문에 그녀를 어떻게 대우해야 좋을지 걱정이라고도 말했다. 굴리쉬는 자기도 그 문제 때문에 걱정이지만 신통한 묘수가 생길 때까지는 조용히 지내는 것이 가장 좋을 것이라고 말했다.

　그래서 그들은 공주가 신부의 조카딸인데 다른 지방에서 신부를 방문한 것으로 하자고 약속했다. 그리고 신부는 그녀가 벙어리라는 사실을 모든 사람에게 알리고 다른 사람들이 모두 그녀를 멀리 하도록 권고하기로 했다. 그들의 설명을 들은 공주가 그대로 따르겠다고 고개를 끄덕였다.

　굴리쉬가 집으로 돌아갔다. 사람들이 그에게 어디 갔다

왔느냐고 물었다. 그는 개울 근처에서 잠이 들어 밤을 새웠다고 대답했다. 신부의 집 주위에 사는 사람들은 젊은 여자를 보고는 깜짝 놀랐다. 그녀가 신부의 집을 찾아오는 것을 아무도 본 적이 없었기 때문에 더욱 놀랐다.

또한 그녀가 무슨 일로 신부를 방문했는지 아무도 몰랐다. 뭔가 수상하다고 수군거리는 사람들도 적지 않았다. 굴리쉬가 예전과 아주 달라졌다고 말하는 사람들도 있었다. 그가 날마다 신부의 집을 찾아가는가 하면 신부가 그를 더없이 정중하게 대하는 것에 대해서 아무도 그 영문을 알 수가 없어서 소문만 요란하게 퍼져나갔다.

사실 굴리쉬는 날이면 날마다 신부의 집을 찾아가서 신부와 이야기를 나누었다. 그는 젊은 공주가 잘 지내는지 묻기도 하고 직접 공주와 이야기를 나누려고도 했다. 그러나 불행히도 그녀는 여전히 벙어리로 지냈고 그런 상태를 벗어날 방법이 도무지 없었다.

말로 의사를 전달할 수가 없었기 때문에 그녀는 손과 손가락을 움직이거나 눈을 깜박이거나 입술을 열었다 닫았다 하거나 크게 웃거나 미소를 짓거나 그 외에 수많은 동작으로 굴리쉬와 의견을 교환했다. 그 결과 얼마 지나지 않아서 그들은 서로 깊이 이해하는 사이가 되었다.

굴리쉬는 그녀를 프랑스 왕에게 돌려보낼 방법을 항상

궁리했다. 그러나 그녀를 데리고 갈 사람이 하나도 없었고 굴리쉬 자신도 다른 나라에 가본 적이 전혀 없어서 프랑스로 가는 길조차 몰랐던 것이다. 신부도 그와 마찬가지로 별다른 지식이 없었다.

굴리쉬는 프랑스 왕에게 보내는 편지를 서너 통 써달라고 신부에게 부탁해서 물건을 사고 팔기 위해 외국으로 돌아다니는 상인들에게 맡겨 보았다. 그러나 상인들이 모두 길을 잃어서 편지는 단 한 통도 왕의 손에 들어가지 못했다.

그렇게 여러 달이 지났다. 날이 가면 갈수록 한층 더 깊이 굴리쉬는 그녀와 사랑에 빠졌다. 굴리쉬와 신부가 보기에도 공주는 굴리쉬를 좋아하고 있었다. 그래서 그는 프랑스 왕이 공주가 어디 있는지 알아낸 뒤에 그녀를 왕궁으로 데려갈까 봐서 겁을 내기 시작했다. 그는 신부에게 왕 앞으로 보내는 편지를 더 이상 쓰지 말고 모든 일을 하느님의 뜻에 맡기자고 말했다.

그렇게 해서 일년이 지났다. 가을철 마지막 달의 마지막 날 굴리쉬가 풀밭에 누운 채 요정들과 함께 프랑스에 가던 날부터 일어난 모든 일을 다시금 곰곰 생각해 보았다. 그러다가 갑자기 생각이 떠올랐다.

11월 그날 밤에 그가 지붕 아래 서 있을 때 소용돌이 바람이 일어나면서 그 안에 요정들이 들어있었다는 사실이 머리에 떠올랐다. 그래서 혼자 중얼거렸다.

"오늘이 바로 11월의 그날 밤이다. 작년에 내가 서 있던 곳에 가서 요정들이 다시 나타나는지 봐야겠어. 뭔가 도움이 되는 말을 듣거나 어떤 장면을 볼지도 몰라. 그러면 마리아가 다시 말할 수 있게 만들지도 모르잖아?"

마리아는 공주의 이름을 아무도 몰랐기 때문에 굴리쉬와 신부가 멋대로 붙여준 이름이었다. 굴리쉬가 자기 계획을 신부에게 말했더니 신부가 축복해 주었다.

결국 굴리쉬는 캄캄한 밤에 그 동굴 앞으로 다시 간 다음 회색의 낡은 바위에 기대 팔꿈치로 턱을 고인 채 자정이 되기를 기다렸다. 달이 천천히 떠오르더니 그의 등뒤에서 불덩어리처럼 빛났다. 낮의 뜨거운 열기가 사라지고 밤에 차가운 공기가 내려앉자 풀밭과 축축한 지역에서 흰 안개가 피어올랐다. 밤은 고요했다.

호수에도 바람이 전혀 불지 않아 잔물결조차 일지 않았다. 사방에 쥐 죽은 듯이 고요했다. 고작해야 풀벌레 우는 소리가 가끔 들렸다. 아니면 800미터 가량 공중에 떠서 이쪽 호수에서 저쪽 호수로 날아가는 기러기 떼가 갑자기 내지르는 소리가 들릴 뿐이었다. 고요한 밤이면 호수에서 날아오르기도 하고 다시 내려앉기도 하는 물떼새들의 날카로운 소리도 들렸다. 그의 머리 위로는 무수한 별들이 찬란하게 빛나고 있었다. 서리가 조금 내려서 그의 발 밑의 풀이 희고 **빳빳하게** 변했다.

한 시간, 두 시간, 세 시간이 지났다. 서리가 점점 더 심하게 내려 앉아 발을 움직일 때마다 풀잎이 꺾이는 소리가 들렸다. 그날 밤에는 요정들이 나타나지 않을 모양이니 집으로 돌아가는 게 낫겠다는 생각마저 들었다. 바로 그 때저 멀리서 그를 향해 밀려오는 소리를 들었다.

그는 즉시 그것이 무슨 소리인지 알아챘다. 그 소리가 점점 더 커졌는데 처음에는 해안의 바위절벽에 파도가 부서지는 소리처럼 들렸지만 엄청난 폭포수가 떨어지는 소리로 변하더니 드디어 나무 꼭대기들을 휩쓸고 지나가는 태풍의 소리로 들렸다. 그리고 소용돌이 바람이 단숨에 동굴 속으로 사라지는가 하면 거기 요정들이 보였다.

바람이 하도 순식간에 굴리쉬 옆을 스쳐지나갔기 때문에 그는 정신을 잃었다가 즉시 다시 정신을 차렸다. 그리고 그들이 무슨 말을 하는지 열심히 엿들었다.

동굴에 모이자마자 요정들은 일제히 목청껏 소리치면서 떠들어댔다.

"나의 말, 고삐 그리고 말안장! 나의 말, 고삐 그리고 말안장!"

굴리쉬도 용기를 가다듬어 있는 힘을 다 해 소리쳤다.

74

"나의 말, 고삐 그리고 말안장! 나의 말, 고삐 그리고 말안장"

그 순간 한 요정이 고함쳤다.

"아니! 이거 굴리쉬가 여기 또 왔잖아? 그 젊은 여자하고 어떻게 지내고 있지? 오늘밤은 네가 아무리 네 말을 불러봤자 소용없어. 우릴 다시는 속이지 못하도록 마술을 내가 걸어놓았거든. 작년에 넌 우릴 멋지게 속였잖아!"

다른 요정이 한마디 던졌다.

"그래! 저놈은 우릴 다시 속이지 못해!"

"저게 작년에 우릴 속인 그놈이야? 벙어리가 된 그 여자를 데리고 도망친 놈이란 말이지? 멍청한 놈 같으니!"

"어쩌면 그 여자를 도울 수 있는 방법이 없을까 해서 왔는지도 몰라."

"자기 집 앞뜰에서 자라는 약초를 물에 넣고 삶은 뒤 그 물을 먹으면 여자가 다시 말을 하게 될 텐데 저놈은 그런 것도 모르나?"

"알 리가 없지."

"정말 멍청이로군."

"저놈은 상관하지마. 자, 우린 떠나자."

"바보 자식! 실컷 고생이나 하라지 뭐."

요정들이 공중으로 날아오르더니 바람처럼 사라졌다.

굴리쉬는 너무나도 놀라서·입만 딱 벌린 채 멍하니 쳐다보면서 그 자리에 서 있었다.

거기 그리 오래 머물지 않고 그는 곧장 집으로 돌아가면서 요정들이 떠들어대던 말을 곰곰 생각해 보았다. 공주가 다시 말을 할 수 있게 만드는 약초가 자기 집 앞뜰에 정말 있을지 의문이었다.

"그런 약초가 정말 있어도 요정들이 내게 알려줄 리가 없어. 아니, 어쩌면 녀석은 얼떨결에 실수로 그런 말을 했을지도 몰라. 어쨌든 해가 뜨면 앞뜰을 자세히 조사해 봐야겠어. 엉겅퀴나 잡초 이외에 다른 것이 있는지 샅샅이 살펴봐야지."

녹초가 되어 집에 돌아갔지만 그는 해가 뜰 때까지 한숨도 자지 못했다. 이윽고 날이 밝자 침대에서 일어나 마당으로 나갔다. 그리고 앞뜰을 뒤지면서 여태껏 본 적이 없는 약초가 자라는지 살폈다. 그랬더니 처마 밑에 이상하게 생긴 풀이 크게 자란 것이 곧 눈에 들어왔다.

다가가서 자세히 살펴보니 한 줄기에서 가느다란 가지 일곱 개가 뻗어나갔고 가지마다 잎이 일곱 개였으며 잎에는 흰 액체가 묻어 있었다.

"거 참 이상하다. 이건 처음 보는 건데? 이렇게 괴상하게 생긴 풀에는 분명히 약효가 있을 거야."

그는 주머니칼을 꺼내 약초 밑둥을 자른 뒤 집으로 가지고 들어갔다. 그리고 잎을 모두 떼어내고는 줄기와 가지를 칼로 자르자 엉겅퀴 가지가 잘렸을 때처럼 희고 진한 액체가 돋아났다. 그것은 기름처럼 끈끈했다.

잘게 자른 줄기와 가지들을 작은 냄비에 넣고 물을 부은 뒤 불을 지폈다. 물이 끓기 시작한 다음에도 한참 기다렸다가 그 물을 반 컵 가량 떠냈다. 그런데 문득 그 물이 독약인지도 모른다는 생각이 들었다. 요정들이 굴리쉬 자신

이나 공주가 그 물을 마시고 죽게 하려고 속임수를 썼는지도 모른다.

그는 컵을 내려놓고 손가락으로 물을 찍어서 입에 대보았다. 쓰기는커녕 매우 달콤했다. 그래서 용기를 내 한 모금 마셨다. 또 한 모금을 마셨다. 이윽고 컵을 모조리 비운 뒤에 잠에 곯아 떨어졌다.

캄캄한 밤에 잠에서 깨어난 그는 배가 몹시 고팠고 목이 매우 말랐다. 날이 밝을 때까지 기다렸다. 그러면서 그는 아침이 되면 즉시 공주에게 가서 약초의 물을 먹이겠다고 굳게 결심했다.

동이 트자마자 약초의 물을 들고 신부의 집을 찾아갔다. 그 날은 이상하게도 온몸에서 용기와 힘이 한없이 솟아 넘치는 기분이었다. 그는 약초의 물을 마신 효과라고 확신했다. 신부의 집으로 들어서자 신부와 공주는 그가 왜 이틀 동안 찾아오지 않는지 궁금하게 여기고 있었다.

굴리쉬는 그 동안의 일을 자세히 설명하고는 약초가 공주를 해치지 않고 틀림없이 엄청난 효과를 발휘할 것이라고 말했다. 자기가 이미 마셔보았는데 용기와 힘이 솟아났기 때문이었다. 그는 약초의 물을 마셔도 공주가 조금도 해를 입지 않을 것이라고 맹세했다.

그가 건네준 컵의 물을 공주가 반잔만 마셨다. 그러자

곧 깊은 잠에 빠져 들어가
고는 다음 날 아침까지 깨
어나지 못했다.

신부와 굴리쉬는 공주
곁에서 꼬박 밤을 새우면
서 그녀가 잠에서 깨어나
기를 기다렸다.

그들은 희망과 절망 사
이에서 오락가락하면서 그녀를 구하고 싶은 간절한 심정
뿐만 아니라 그녀가 죽어버리면 어쩌나 하는 걱정에 휩싸
여 있었다. 다음 날 정오가 되어서야 드디어 공주가 눈을
뜨고는 두 손으로 눈을 비볐다.

그녀는 자기가 어디에 있는지 전혀 모르는 사람 같았다.
굴리쉬와 신부가 왜 그 방에 모여 있는지도 이상하게 여겼
다. 그리고 있는 힘을 다 해 기억을 더듬었다. 그들은 공주
가 말을 할 수 있을지 아니면 여전히 벙어리인지 알고 싶
어서 초조하게 기다렸다. 잠시 침묵이 흘렀다. 이윽고 신
부가 말을 걸었다.

"잘 잤어, 마리아?"

그러자 공주가 입을 열었다.

"그래요. 고마워요."

공주의 대꾸를 듣는 순간 굴리쉬는 너무나도 기뻐서 고함을 내질렀다. 그리고 즉시 달려가서 공주 앞에 무릎을 꿇고 말했다.

"당신이 말을 할 수 있게 만들어 주신 하느님께 무한한 감사를 드립니다. 내가 늘 사모하는 여인이여, 내게 한 마디 더 해 보세요."

공주는 굴리쉬가 약초를 물에 끓여서 그 물을 자기에게 준 것을 잘 안다고 말했다. 그리고 자기가 아일랜드에 온 이래 그가 베풀어준 호의와 친절에 대해 감사하고 그 은혜를 언제까지나 잊지 않겠다고 덧붙였다.

굴리쉬는 크게 만족하고 너무나도 기뻐서 더 바랄 것이 없었다. 얼마 후 신부와 굴리쉬가 공주에게 먹을 것을 가져다주었더니 그녀는 마음껏 먹어치웠다. 그리고 음식을 먹는 동안에도 그녀는 내내 신부와 이야기를 나누면서 명랑하고 기쁨에 넘치는 표정을 지었다.

굴리쉬는 집으로 돌아가서 침대에 누워 잠이 들었다. 약초의 효과가 아직 다 끝나지 않았기 때문이었다. 다음 날 아침까지 자고 난 그는 신부의 집으로 찾아갔다. 공주도 그가 신부의 집을 떠난 뒤부터 내내 잠을 자고 있었다.

굴리쉬와 신부가 공주의 침실로 들어가서 그녀가 잠을 깰 때까지 다시 기다렸다. 그들은 잠에서 깨어난 공주와 이야기를 나누었고 굴리쉬는 너무나도 기뻐했다. 신부가 식탁에 음식을 차렸고 그들은 함께 식사를 했다.

그 후 굴리쉬는 날마다 신부의 집을 찾아갔고 날이 갈수록 공주와 더욱더 친하게 되었다. 그것은 그녀가 이야기를 나눌 상대가 굴리쉬와 신부뿐이었고 그녀는 굴리쉬를 가장 좋아했기 때문이다. 그래서 굴리쉬와 공주는 결혼해서 행복하게 살았다고 한다.

미인은 숨겨진 비밀이다. 그녀를 발견한 사람은 자랑하지 않는 것이 좋다. - 라로슈푸코

은나무 왕비와 금나무 공주

숭어야, 숭어야, 세상에서 누가 가장 예쁘게

옛날 옛날에 어느 왕에게 은나무라고 부르는 왕비와 금나무라고 부르는 딸이 있었다. 어느 날 은나무가 계곡의 우물에 갔는데 그 우물에는 숭어가 한 마리 살고 있었다. 은나무가 숭어에게 말했다.

"몸이 홀쭉한 숭어야, 이 세상에서 내가 제일 아름다운 여자지?"

"천만에!"

"그럼 누가 제일 아름다운 지 말해봐."

"그야 당신 딸 금나무지요."

화가 머리끝까지 치민 은나무가 왕궁으로 돌아가서 침대에 누워 버렸다. 그리고 자기 딸 금나무의 간과 심장을 꺼내 씹어먹어야만 자기 병이 나을 것이라고 맹세했다. 밤에 왕이 왕궁으로 돌아온 뒤 왕비가 병이 들었다는 말을 들었다. 그래서 왕이 왕비에게 가서 무슨 일 때문인 지 물었다.

"제 병을 고치려면 단 한 가지 방법 밖에는 없어요."

"세상에 그 어떠한 일이라도 당신을 위한 것이라면 해 주겠소."

"금나무의 간과 심장을 먹어야만 제 병이 나아요."

마침 그 때 이웃의 큰 나라의 왕자가 금나무와 결혼하겠다고 신청해서 왕이 허락하여 그들은 다른 나라로 떠나고 없었다. 그래서 왕이 젊은 부하들에게 산으로 가서 숫염소를 한 마리를 잡아 오라고 한 다음 그 간과 심장을 꺼내서 왕비에게 주었다. 왕비가 그것을 먹고 건강을 회복하여 침대에서 일어났다.

일년이 지난 뒤 은나무가 다시 계곡의 우물로 가서 숭어에게 물었다.

"몸이 홀쭉한 숭어야, 이 세상에서 내가 제일 아름다운 여자지?"

"천만에!"

"그럼 누가 제일 아름다운 지 말해봐."

"그야 당신 딸 금나무지요."

"아니! 그 애가 아직도 살아 있단 말이냐? 그 애의 간과 심장을 내가 먹은 지도 벌써 일년이 지났는데 말이다."

"금나무는 죽지 않았어요. 그녀는 이웃의 큰 나라의 왕자와 결혼해서 외국에 있어요."

은나무가 왕궁으로 돌아가 길이가 매우 긴 배를 한 척 내달라고 요청했다.

"내 귀여운 딸 금나무를 본 지도 오래되어서 한 번 만나러 가야겠어요."

길이가 매우 긴 배가 준비되어 그들이 떠났다. 은나무가 직접 배의 키를 잡아서 조종했다. 얼마 지나지 않아서 그들은 이웃 나라에 도착했다. 그 때 금나무의 남편인 왕자는 산에서 사냥을 하고 있었다. 금나무는 자기 아버지의

긴 배를 금새 알아보고는 하인들에게 말했다.

"어머니가 오고 있다. 그녀는 나를 죽일 것이다."

"우리가 공주님 방에 자물쇠를 단단히 채워놓아서 은나무가 공주님을 죽이지 못하도록 하겠어요."

하인들이 금나무의 방에 자물쇠를 채웠다. 은나무가 육지에 올라오더니 큰소리

로 외쳤다.

"너를 일부러 찾아온 어머니를 빨리 마중나와라."

금나무는 자기가 방에 갇혀 있어서 밖으로 나갈 수가 없다고 대답했다.

"그렇다면 손가락을 하나 열쇠구멍으로 내밀어라. 내가 거기 키스해 주겠다."

금나무가 손가락을 내밀자 은나무는 독을 바른 칼로 찔렀다. 금나무는 그 자리에서 죽고 말았다.

집으로 돌아온 왕자는 금나무가 죽은 것을 발견하고는 말할 수 없는 슬픔에 잠겼다. 그리고 금나무가 너무나도 아름다워서 땅에 묻지 않고 방에 둔 채 아무도 거기 들어가지 못하게 했다. 얼마 후 왕자가 다시 결혼해서 새 아내에게 모든 살림을 맡겼지만 그 방만은 들어가지 못하게 금지했다.

그리고 그 방의 열쇠는 자기가 항상 차고 다녔다. 어느 날 그가 깜빡 잊고 열쇠를 집에 두고 외출했을 때 새 아내가 그 방에 들어갔다가 세상에서 가장 아름다운 여자를 발견했다. 그녀가 금나무를 흔들어 깨우려고 하다가 독이 묻은 칼이 손가락에 박혀 있는 것을 보았다. 그 칼을 빼자 금나무가 다시 살아나서 여전히 아름다운 얼굴이 빛났다. 사냥을 마치고 밤에 집으로 돌아온 왕자는 기분이 매우 우울했다. 그래서 새 아내가 물었다.

"당신을 웃게 만들 방법은 뭐죠?"

"금나무가 다시 살아서 여기 온다면 난 웃을 거요."

"그녀는 자기 방에서 다시 살아났어요."

금나무가 다시 살아난 것을 본 왕자는 그녀에게 한없이 키스를 퍼부었다. 새 아내가 왕자에게 말했다.

"금나무가 당신의 첫 번째 부인이니까 그녀와 함께 사는 것이 더 좋겠어요. 전 돌아가겠어요."

왕자가 말렸다.

"돌아가지 말아요. 난 당신 둘을 데리고 살고 싶어요."

그 해가 끝날 무렵 은나무가 다시 계곡의 우물에 가서 숭어에게 물었다.

"몸이 홀쭉한 숭어야, 이 세상에서 내가 제일 아름다운 여자지?"

"천만에!"

"그럼 누가 제일 아름다운지 말해봐."

"그야 당신 딸 금나무지요."

"금나무는 죽었어. 일년 전에 내가 독이 묻은 칼로 그 애 손가락을 찔렀거든."

"천만에! 천만에! 금나무는 죽지 않았어요."

은나무가 왕궁으로 돌아가 길이가 매우 긴 배를 한 척

내달라고 요청했다.

"내 귀여운 딸 금나무를 본 지도 오래되어서 한 번 만나러 가야겠어요."

길이가 매우 긴 배가 준비되어 그들이 떠났다. 은나무가 직접 배의 키를 잡아서 조종했다. 얼마 지나지 않아서 그들은 이웃 나라에 도착했다. 그 때 금나무의 남편인 왕자는 산에서 사냥을 하고 있었다. 금나무는 자기 아버지의 긴 배를 금세 알아보고 말했다.

"어머니가 오고 있어. 그녀는 나를 죽일 것이다."

그러나 왕자의 둘째 부인이 말했다.

"절대로 그런 일은 없을 거예요. 내가 나가서 만나 보겠어요."

은나무가 육지에 올라가 소리쳤다.

"금나무야, 어서 이리 와라. 네게 주려고 아주 맛있는 음료수를 가져왔다."

그러자 왕자의 둘째 부인이 말했다.

"남에게 음료수를 권하는 사람은 자기가 먼저 그것을

마셔보아야 한다는 게 이곳의 관습이에요."

은나무가 음료수에 자기 입을 대는 척 했다. 그러나 둘째 부인은 병을 손으로 탁 쳐서 독이 든 음료수가 은나무의 목구멍으로 넘어가게 만들었다.

은나무는 그 자리에서 죽었다. 배를 타고 온 사람들은 은나무의 시체를 가지고 돌아가서 묻었다. 왕자와 두 부인은 그 후 아주 오랫동안 행복하게 살았다.

여자의 질투와 고집쟁이의 분노를 달랠 수 있는 마술은 없다.
– G. 그랜빌

검은
악마의
입술

　　머리카락과 온몸의 털이 불꽃처럼 새빨간 콘라
는 백 번의 승리를 자랑하는 왕 콘의 아들이었다.

　어느 날 왕과 왕자가 오스나 산의 꼭대기로 올라가서 나
란히 서 있을 때 왕자는 이상한 옷을 입은 처녀가 다가오
는 것을 보고는 말을 걸었다.

　"어디서 오는 길이지요?"

　"난 영원한 생명의 들판에서 왔어요. 거긴 죽음도 죄도
없는 곳이지요. 우린 날마다 잔치를 벌이고 마음껏 즐길
수가 있어요. 모든 즐거움을 누리면서도 우린 서로 싸우는
법이 절대로 없어요. 그리고 푸른 풀이 무성한 둥근 산에
서 살기 때문에 사람들은 우리를 산에 사는 사람들이라고
불러요."

　콘라를 제외한 왕과 주위의 모든 신하들은 그 처녀를 보

지 못하고 목소리만 들었기 때문에 모두 크게 놀랐다. 그
래서 왕이 콘라 왕자에게 물었다.

"아들아, 넌 누구와 얘길 하고 있는 거냐?"

그러자 처녀가 대신 대꾸했다.

"콘라는 영원히 죽지도 늙지도 않는 젊은 처녀와 이야
기를 나누고 있는중이지요. 난 콘라를 사랑해요. 그래서
그를 온갖 즐거움의 들판인 모이멜로 데려갈 거예요. 보아
다그 왕이 그곳을 다스리기 시작한 뒤로는 모든 불만이나
슬픔이 거기서 완전히 사라지고 말았어요.

자, 황갈색 피부에 새빨간 털을 가진 콘라 왕자님, 날 따
라오세요. 아름다운 얼굴과 왕다운 자태를 지닌 당신을 위
해서 요정나라의 왕관이 기다리고 있거든요. 저 들판으로
가면 최후의 심판 날까지 당신의 미모와 젊음이 고스란히
보존될 거예요."

눈에 보이지도 않는 처녀의 말을 들은 왕은 겁이 덜컥
나서 코란이라고 하는 드루이드교의 사제를 큰소리로 불
렀다.

"수많은 주문과 탁월한 마술에 능통한 코란! 빨리 와서 날 도와라! 왕이 된 이래 이렇게 어려운 일은 처음이야. 내 능력과 재주로는 도저히 해결할 길이 없어. 눈에 보이지도 않는 처녀가 나타나서 내 사랑하는 귀여운 아들을 강제로 뺏어가려고 한다 이거야. 네가 도와주지 않으면 이 여자는 속임수와 마술로 내 아들을 잡아가고 말 거야."

그래서 드루이드교의 사제인 코란이 앞으로 달려나가더니 처녀의 목소리가 들려오는 그 장소를 향해서 주문을 외우기 시작했다.

그러자 즉시 아무도 처녀의 목소리를 더이상 들을 수가 없고 왕자의 눈에도 처녀가 보이지 않았다. 그러나 드루이드교 사제의 주문의 힘 때문에 사라지기 직전에 처녀는 콘라에게 사과를 하나 던져주었다.

그 후 한달 동안 콘라 왕자는 아무것도 먹지 않고 아무것도 마시지 않은 채 오로지 그 사과만 먹고 살았다. 그런데 그가 아무리 사과를 먹어도 그 사과는 이상하게 조금도 줄어들지 않았다.

게다가 사과를 먹으면 먹을수록 그에게는 처녀를 다시 만나보고 싶은 그리움이 한층 더 간절해지기만 했다. 만으로 꼭 한 달이 지나자 왕자는 아크로민 평야에서 아버지와 나란히 서 있었다. 그 때 처녀가 그에게 다시 나타나서 말을 걸었다.

"얼마 살지 못하고 죽을 날만 기다리고 있는 인간들 틈에서 콘라가 이 땅을 밟고 있기 때문에 이곳은 영광스러운 장소지요. 그러나 온갖 즐거움의 나라에서 영원히 죽지 않고 사는 요정들은 당신이 제발 모이멜에 빨리 오기를 애타게 기다리고 있어요.

왜냐하면 그들은 당신이 사랑하는 가족과 친구들과 어울려서 사는 모습을 보았고 그래서 당신에 관해 잘 알고 있기 때문이지요."

처녀의 목소리를 들은 콘 왕은 부하들에게 외쳤다.

"오늘 저 처녀가 다시 말을 걸 수 있게 되었으니 빨리 드루이드교 사제 코란을 불러와라!"

그러자 처녀가 왕에게 말했다.

"아, 100번의 승리를 자랑하는 천하 무적의 왕이여, 드루이드교 사제들의 힘을 사람들은 별로 좋아하지 않아요. 정의를 사랑하는 무수한 사람들이 가득 차고 이처럼 강대한 나라에서는 그들의 힘은 아무런 위력도 없어요.

법이 지배하는 사회가 되면 허위의 검은 악마의 입술에서 나오는 드루이드교 사제들의 마술과 주문은 그 힘을 완전히 잃고 말 거예요."

이윽고 콘 왕은 처녀가 자기 아들 콘라에게 말을 처음

CONNLA AND THE FAIRY MAIDEN

건 이후로는 누가 그에게 말을 걸든지 그는 절대로 대답을 하지 않았다는 사실을 깨달았다. 그래서 100번의 승리를 자랑하는 왕이 물었다.

"아들아, 너는 저 처녀에게 네 마음을 온통 빼앗기고 말았단 말이냐?"

"전 견디기 힘들어요. 저는 우리 나라에 사는 모든 사람을 세상에서 가장 사랑해요. 그런데도 저 처녀의 말을 들어야겠다는 열망을 저는 도저히 억누를 수가 없어요."

그 말을 들은 처녀가 이렇게 대꾸했다.

"바다의 파도가 아무리 강하다 해도 당신 열망의 파도보다는 약해요. 자, 찬란하게 빛나고 똑바로 전진하는 나의 보트, 수정으로 만든 보트인 쿠라그에 타세요. 우린 즉시 보아다그 왕의 나라에 도착할 거예요.

해가 이미 기울고 있기는 하지만 그 나라가 아무리 멀다고 해도 우린 밤이 오기 전에 거기 닿을 거예요. 이 여행이 당신에게는 힘들겠지만 보람있는 여행이 될 거예요.

저 나라에 가면 모든 즐거움을 남김없이 누릴 테니까요. 보아다그 왕의 나라에는 오로지 여자들만 살지요. 그러나 당신이 원한다면 우린 둘이서만 따로 살면서 모든 즐거움을 누릴 수가 있어요."

처녀가 말을 마치자마자 머리카락과 온몸의 털이 불꽃

처럼 새빨간 콘라는 모든 사람이 말리는 손을 뿌리치고는 찬란하게 빛나고 똑바로 전진하는 그녀의 보트, 수정으로 만든 보트인 쿠라그를 향해 달려갔다.

그러자 왕과 모든 신하들은 아래로 점점 내려오는 저녁 해를 향해서 눈부신 바다를 미끄러져 나아가는 수정 보트를 똑똑히 보았다.

그들의 눈에서 보트가 사라질 때까지 콘라와 요정은 찬란한 광채의 바다를 질주해 갔다. 드디어 그들의 모습이 사라졌다. 그 후 그들이 어디로 갔는지 아는 사람은 하나도 없었다.

거짓말은 사랑을 죽인다고 한다. 그렇다면 솔직함은 어떻단 말인가? – A. 에르망

회초리 만들기

아주 먼 옛날에 무나차르와 마나차르가 살았
다. 그들이 얼마나 오래 전에 살고 있었는지는 아무도 모
른다. 그들은 함께 딸기를 따러 나가고는 했는데 무나차르
가 아무리 딸기를 많이 따도 마나차르가 그 딸기를 모조리
먹어치웠다. 그래서 무나차르는 마나차르를 혼내줄 회초
리를 만들기로 했다.

무나차르가 나무에게 갔더니 나무가 물었다.

"오늘은 왜 나한테 왔지?"

"내 딸기를 모조리 먹어치우는 마나차르를 혼내줄 회초
리를 만들려고 하거든."

"먼저 도끼를 가져와야 내 가지를 자를 수 있어."

그가 도끼에게 갔더니 도끼가 물었다.

"오늘은 왜 나한테 왔지?"

"내 딸기를 모조리 먹어치우는 마나차르를 혼내줄 회초리를 만들려는데 나뭇가지를 자르려면 도끼가 필요하거든."

"넌 먼저 숫돌을 가져와야 내 도끼 날을 갈 수 있어. 그래야 나뭇가지를 자르지."

그가 숫돌에게 갔더니 숫돌이 물었다.

"오늘은 왜 나한테 왔지?"

"내 딸기를 모조리 먹어치우는 마나차르를 혼내줄 회초리를 만들려는데 나뭇가지를 자르려면 도끼가 필요하거든. 그런데 도끼 날부터 갈아야 나뭇가지를 자를 수가 있어."

"넌 먼저 물로 나를 적셔주어야만 이 숫돌에 도끼 날을 갈 수가 있어."

그가 물에게 갔더니 물이 물었다.

"오늘은 왜 나한테 왔지?"

"내 딸기를 모조리 먹어치우는 마나차르를 혼내줄 회초리를 만들려는데 나뭇가지를 자르려면 도끼가 필요하거든. 그런데 도끼 날부터 갈아야 나뭇가지를 자를 수가 있어. 그리고 먼저 물로 숫돌을 적셔주어야만 그 숫돌에 도끼 날을 갈 수가 있어."

"넌 먼저 사슴을 데려와서 헤엄치게 해야만 물을 얻을 수 있어."

그가 사슴에게 가자 사슴이 물었다.

"오늘은 왜 나한테 왔지?"

"내 딸기를 모조리 먹어치우는 마나차르를 혼내줄 회초리를 만들려는데 나뭇가지를 자르려면 도끼가 필요하거든. 그런데 도끼 날부터 갈아야 나뭇가지를 자를 수가 있어. 그리고 먼저 물로 숫돌을 적셔주어야만 그 숫돌에 도끼 날을 갈 수가 있어. 또 먼저 사슴을 데려가서 헤엄치게 해야만 물을 얻을 수 있어."

"넌 먼저 사냥개를 데려와야만 나를 잡을 수 있어."

그가 사냥개에게 갔더니 사냥개가 물었다.

"오늘은 왜 나한테 왔지?"

"내 딸기를 모조리 먹어치우는 마나차르를 혼내줄 회초리를 만들려는데 나뭇가지를 자르려면 도끼가 필요하거든. 그런데 도끼 날부터 갈아야 나뭇가지를 자를 수가 있어. 그리고 먼저 물로 숫돌을 적셔주어야만 그 숫돌에 도

먼저 숫돌을 가져와야 내 도끼날을
갈 수 있어. 그래야 나뭇가지를 자르지.

끼 날을 갈 수가 있어. 또 먼저 사슴을 데려가서 헤엄치게
해야만 물을 얻을 수 있어. 그런데 먼저 사냥개를 데려가
야만 사슴을 잡을 수가 있어."

"버터 한 덩어리를 먼저 가져다주어야만 난 네 말을 따
르겠어."

그가 버터에게 갔더니 버터가 말했다.

"넌 먼저 나를 갉아대서 조각으로 만들 고양이를 데려
와야해."

그가 고양이에게 갔더니 고양이가 물었다.

"오늘은 왜 나한테 왔지?"

"내 딸기를 모조리 먹어치우는 마나차르를 혼내줄 회초
리를 만들려는데 나뭇가지를 자르려면 도끼가 필요하거
든. 그런데 도끼 날부터 갈아야 나뭇가지를 자를 수가 있
어. 그리고 먼저 물로 숫돌을 적셔주어야만 그 숫돌에 도
끼 날을 갈 수가 있어. 또 먼저 사슴을 데려가서 헤엄치게
해야만 물을 얻을 수 있어. 그런데 먼저 사냥개를 데려가
야만 사슴을 잡을 수가 있어. 그런데 버터 한 덩어리를 먼

저 가져다주어야만 개가 내 말을 따르겠다는 거야. 그런데 버터는 내가 먼저 자기를 갉아대서 조각으로 만들 고양이를 데려와야 된다는 거야."

"넌 먼저 내게 우유를 주어야만해."

그가 암소에게 갔더니 암소가 물었다.

"오늘은 왜 나한테 왔지?"

"내 딸기를 모조리 먹어치우는 마나차르를 혼내줄 회초리를 만들려는데 나뭇가지를 자르려면 도끼가 필요하거든. 그런데 도끼 날부터 갈아야 나뭇가지를 자를 수가 있어. 그리고 먼저 물로 숫돌을 적셔주어야만 그 숫돌에 도끼 날을 갈 수가 있어. 또 먼저 사슴을 데려가서 헤엄치게 해야만 물을 얻을 수 있어. 그런데 먼저 사냥개를 데려가야만 사슴을 잡을 수가 있어. 그런데 버터 한 덩어리를 먼저 가져다주어야 개가 내 말을 따르겠다는 거야. 그런데 버터는 내가 먼저 자기를 갉아대서 조각으로 만들 고양이를 데려와야 된다는 거야. 그런데 고양이는 내가 자기에게 먼저 우유를 주어야만 된다는 거야."

"넌 먼저 저기 타작하는 사람들에게 가서 밀짚을 한 묶음 얻어서 내게 주어야만 우유를 얻을 수 있어."

그가 타작하는 사람들에게 갔더니 그들이 물었다.

"오늘은 왜 우리한테 왔지?"

"내 딸기를 모조리 먹어치우는 마나차르를 혼내줄 회초리를 만들려는데 나뭇가지를 자르려면 도끼가 필요하거든. 그런데 도끼 날부터 갈아야 나뭇가지를 자를 수가 있어. 그리고 먼저 물로 숫돌을 적셔주어야만 그 숫돌에 도끼 날을 갈 수가 있어. 또 먼저 사슴을 데려가서 헤엄치게 해야만 물을 얻을 수 있어. 그런데 먼저 사냥개를 데려가야만 사슴을 잡을 수가 있어. 그런데 버터 한 덩어리를 먼저 가져다주어야만 개가 내 말을 따르겠다는 거야. 그런데 버터는 내가 먼저 자기를 갉아대서 조각으로 만들 고양이를 데려와야 된다는 거야. 그런데 고양이는 내가 자기에게 먼저 우유를 주어야만 된다는 거야. 그런데 암소는 내가 먼저 타작하는 사람들에게 가서 밀짚을 한 묶음 얻어서 자기에게 주어야만 우유를 얻을 수 있다는 거야."

"넌 먼저 저 아래 물레방앗간에 가서 밀가루를 구해 빵을 만들어 우리에게 주어야만 밀짚을 얻을 수 있어."

그가 물레방앗간 주인에게 갔더니 주인이 말했다.

"넌 먼저 밀가루를 치는 체를 가지고 가서 강물을 가득 담아와야만 밀가루를 얻을 수 있어."

그가 체를 들고 강으로 가서 물을 펐는데 굽혔던 허리를 펼 때마다 체에서 물이 모조리 빠져버렸다. 그는 계속해서 체로 물을 펐다. 지금까지 살아 있었다고 해도 그는 체에 물을 가득 채울 수가 없었을 것이다. 머리 위로 날아가던 까마귀가 소리쳤다.

"흙을 발라! 흙을 발라!"

무나차르가 대꾸했다.

"그거 참 좋은 아이디어야. 고마워."

그는 붉은 진흙을 파서 체의 구멍을 모두 메웠다. 드디어 체에 물이 가득 찼다. 그는 물이 찬 체를 물레방앗간 주인에게 가지고 갔고 주인은 빵을 주었고 그가 빵을 타작하는 사람들에게 주자 그들이 밀짚을 주었다.

그가 밀짚을 암소에게 주자 암소가 우유를 주었다. 그가 우유를 고양이에게 주자 고양이가 버터를 갉아서 조각을 냈다. 그가 버터 조각을 사냥개에게 주자 사냥개가 사슴을 몰아댔다.

사슴이 물에서 헤엄치자 물이 숫돌을 적셔주었다. 숫돌이 도끼 날을 갈아주고 도끼가 나뭇가지를 잘랐다. 그가 회초리를 만들어서 마나차르를 혼내주려고 했을 때, 마나차르는 이미 딸기를 하도 많이 먹어서 배가 터져 버린 뒤였다.

우수한 계책보다 적절한 시기가 더 낫다. – 관자

오툴왕의
애완용 거위

아주 먼 옛날에 나이가 지긋한 오툴 왕이 살았다. 젊었을 때부터 그는 사냥을 너무나도 좋아해서 해가 뜨기도 전에 산으로 달려가서 사슴의 뒤를 쫓아다녔다. 그래서 늘 즐거운 시간을 보냈다.

그러나 점차 늙어지고 팔다리를 마음대로 움직이지도 못한 채 심장도 약해져서 사냥은커녕 아무런 유희도 즐기지 못하게 되었다. 그래서 애완용으로 거위를 한 마리 길렀다. 여러분은 거위가 어떻게 왕을 즐겁게 해주겠냐며 웃을지도 모른다.

그러나 사실 거위는 왕을 날마다 즐겁게 해주었다. 왜냐하면 거위가 날마다 호수에 나가서 헤엄치다가 육식이 금지된 금요일에는 숭어를 잡아서 왕에게 바쳤고, 다른 날에는 물 위를 날아다니면서 왕을 즐겁게 해주었다.

왕이 휘파람을 불자 가련한 늙은 거위가
사냥개처럼 나타나서 비틀거리는 왕을 따라갔다.

그런데 거위도 왕처럼 늙게 되어 이제는 왕을 즐겁게 해
줄 수가 없었다. 왕은 모든 즐거움을 잃고 말았다. 그러던
어느 날 왕이 호숫가를 산책하면서 자기 신세를 한탄했다.
왕이 이 세상에서 아무런 즐거움도 없으니 차라리 물에 빠
져죽는 것이 낫다는 생각을 하고 있을 때 저쪽에서 갑자기
멋지게 생긴 청년이 다가왔다. 왕이 먼저 말을 걸었다.

"하늘의 보호를 빈다."

"오툴 임금님, 하늘의 보호를 빕니다."

"그래, 난 이 나라를 다스리는 오툴 왕이다. 그런데 어
떻게 내가 왕인 줄 알았지?"

젊은이로 가장한 성 캐빈이 대꾸했다.

"다 아는 수가 있지요. 전 다른 것도 많이 알고 있거든
요. 죄송하지만 한 가지 묻겠는데 오툴 임금님의 거위는
잘 지내고 있나요?"

"아니, 내 거위를 네가 어떻게 알지?"

"다 아는 수가 있지요."

이런저런 이야기를 나눈 뒤 왕이 물었다.

"넌 누구냐?"

성 캐빈이 대답했다.

"전 정직한 사람입니다."

"정직한 사람이라… 그런데 넌 돈을 어떻게 벌지?"

"낡은 물건을 새 것으로 만들어서 돈을 벌지요."

"그럼 넌 땜쟁이냐?"

"땜쟁이는 아니고 그보다 더 좋은 직업을 가지고 있지요. 임금님의 거위를 젊고 싱싱한 거위로 만들어 드릴까요?"

그 말을 들은 왕은 하도 기뻐서 정신이 멍멍해졌다. 이 윽고 왕이 휘파람을 불자 가련한 늙은 거위가 사냥개처럼 나타나서 역시 비틀거리는 왕의 뒤를 따랐다. 그 때 성 캐 빈은 거위에게 눈짓을 보냈다.

"오툴 임금님, 제가 솜씨를 보여드리지요."

"이 거위를 젊고 싱싱하게 만든다면 넌 이 나라에서 가 장 영리한 인물이다."

"늙은 거위를 젊게 만드는 건 식은 죽 먹기지요. 그 대 가로 무엇을 주시겠어요?"

"네가 원하는 것이라면 뭐든지 주겠다. 그래야 공평하 겠지?"

"좋습니다. 그래야만 공평하지요. 오툴 임금님, 우리 계 약을 맺읍시다. 제가 거위를 젊고 싱싱하게 만들어주면 임금님은 이 거위가 날아다니는 범위에 든 땅을 모두 제게 주어야 합니다."

"그렇게 하지."

"약속을 깨지는 않겠지요?"

오툴 왕이 주먹을 흔들면서 외쳤다.

"명예를 걸고 지키겠다."

성 캐빈도 외쳤다.

"명예를 걸고! 자, 우린 계약을 맺었습니다."

이어서 성인이 거위에게 말했다.

"가련하게도 늙어버린 거위야, 이리 와. 내가 너를 젊고 튼튼하게 만들어주겠다."

그가 거위의 두 날개를 손으로 잡고는 거룩한 십자 성호를 그으면서 말했다.

"십자가의 축복을 받아라."

그러고는 거위를 공중으로 홱 던져버렸다. 거위가 독수리처럼 힘차게 날아갔다. 소나기를 피하려는 제비처럼 날쌔게 날아다녔다.

왕은 입을 딱 벌린 채 예전보다 더 힘차게 그리고 종달새처럼 자유롭게 날아다니는 것을 쳐다보았다. 그것은 참으로 볼만한 구경거리였다. 거위가 왕의 다리 밑으로 돌아오자 왕은 거위의 머리를 쓰다듬어주면서 말했다.

"넌 세상에서 내가 제일 아끼는 보물이다."

성 캐빈이 말했다.

"거위가 날아다닌 범위에 드는 땅을 모두 제게 주겠습니까?"

"물론이지. 마음대로 가져라. 나라 전체를 가져도 좋아."

"정말입니까?"

"정말이다."

"약속을 지키신 건 잘한 일입니다. 만일 약속을 지키지 않겠다고 말했다면 이 거위는 두 번 다시 날아다닐 수가 없었을 겁니다."

왕이 정직하게 약속을 지키겠다고 말했기 때문에 성 캐빈은 왕에 대해서 크게 만족해서 자기 정체를 밝혔다.

"오툴 임금님은 정직하군요. 전 임금님을 시험해 본 것뿐입니다. 제가 가장을 하고 있으니까 임금님은 저를 알아보지 못했지요."

"도대체 당신은 누구요?"

왕을 축복하면서 성인이 대답했다.

"난 성 캐빈이지요."

왕은 십자 성호를 이마에 긋고는 성인 앞에 무릎을 꿇고 앉았다.

"저 위대한 성 캐빈과 함께 오랫동안 대화를 나누면서도 내가 알아보지 못했다니! 당신이 정말 성 캐빈인가요?"

"그래요."

"난 그저 젊은이와 얘기한다고 생각했지요."

"이제야 당신은 내가 성인들 가운데 가장 위대한 성 캐빈이라는 걸 알게 되었군요."

그래서 젊고 튼튼하게 된 거위가 왕이 살아 있는 동안 내내 즐겁게 해주었고 성인은 왕이 죽을 때까지 그를 도와주었다.

어느 금요일에 거위가 왕의 저녁밥상에 올릴 숭어를 잡으려고 했는데 숭어 대신 뱀장어를 잡았다. 그것이 거위의 작은 실수였다. 뱀장어가 거위를 죽였기 때문이다. 그러나 뱀장어는 성 캐빈의 축복을 받은 그 거위를 감히 잡아먹지 못했다.

사람은 정직하게 살아야 한다. 정직하지 않은 삶은 요행으로 해를 면하고 있는 것이다. - 공자

찔레꽃 필 때까지

킬리트 왕의 왕비는 아들 킬후크를 낳은지 얼마 지나지 않아서 죽었다. 그런데 죽기 전에 왕비는 자기 무덤에서 찔레꽃 두 송이가 피는 것을 볼 때까지는 왕이 재혼하지 않겠다는 약속을 받았다. 왕이 날마다 사람을 보내서 무덤에 꽃이 피는지 살펴보도록 했다.

여러 해가 지난 뒤 무덤에 찔레꽃이 피어서 왕이 죽은 도게드 왕의 왕비를 아내로 맞아들였다. 그녀는 킬후크에게 그가 오로지 올웬이라는 처녀와 결혼할 운명이라고 예언했다. 킬후크는 그 처녀와 결혼하기 위해 자기 사촌인 아더 왕의 궁전으로 떠났다.

그가 탄 회색 말에 물린 재갈과 등에 얹은 안장이 모두 금으로 된 것이었고 그는 은으로 만든 창 두 개를 손에 쥐고 있었다.

111

강철로 된 창끝은 바람을 가르고 피를 흐르게 만들며 갈대 잎새에서 굴러 떨어지는 이슬방울보다 더 빨리 움직였다. 손잡이와 날이 금으로 된 칼을 허리에 찼는데 그 칼날에는 번개가 십자형으로 교차하는 무늬가 새겨져 있었다.

가슴에 흰털이 난 사냥개 두 마리가 루비로 장식한 목걸이를 한 채 그를 뒤따랐다. 회색 말의 양쪽 배에 드리워진 자주색 천에는 황금사과가 각각 달려 있었다. 그의 박차와 구두도 금으로 장식된 것이었다.

아더 왕이 성대한 예식으로 그를 영접했고 자기 궁전에서 머물도록 했다. 그러나 젊은 왕자는 왕궁의 좋은 음식과 술을 즐기러온 것이 아니라 오로지 아더 왕의 도움을 받기 위해서 온 것이라고 말했다. 아더 왕은 이렇게 말했다.

"나의 군함들, 외투, 칼, 창, 방패, 단검 그리고 아내 귀네비어를 제외하면 무엇이든지 주겠다."

그래서 킬후크는 이스파타덴 펜카우르의 딸 올웬과 결혼하기를 원하니 도와달라고 요청했다. 왕이 대꾸했다.

"네가 말하는 그 처녀에 관해서는 들은 바가 전혀 없어. 그 가족도 알 수가 없고. 하지만 사람들을 파견해서 찾아보도록 하겠어."

"오늘밤부터 금년 말까지 전 기다리겠어요."

아더 왕이 자기 왕국의 구석구석까지 전령을 파견해서

여자의 두 눈은 독수리 눈보다 반짝거렸고
백조의 가슴보다 하얗고 장미꽃보다 더 붉었다.

처녀를 찾아내도록 조치했다. 그 해 연말에 돌아온 전령들은 올웬에 관해서 아무것도 알아내지 못한 채 빈 손으로 돌아왔다. 그러자 킬후크가 왕에게 말했다.

"제가 원하는 것을 얻지는 못했지만 폐하의 호의를 고맙게 여기면서 돌아가겠어요."

카이가 대꾸했다.

"성질이 급한 청년이군! 아더 왕에게 무슨 잘못이 있단 말인가? 올웬이란 처녀가 이 세상에 원래 없다고 당신이 고백하거나 아니면 우리가 그녀를 같이 찾아봅시다."

그렇게 말한 뒤 카이가 일어섰다. 그는 독특한 재주가 있어서 9일 동안 밤낮으로 물 속에서 지낼 수가 있고 또 9일 동안 잠을 자지 않고도 거뜬히 견디었다. 카이의 칼로 상처를 입으면 어떠한 의사도 그 상처를 치료할 수가 없었다.

그는 또한 원하기만 하면 숲 속의 가장 큰 나무처럼 자기 몸을 키울 수가 있었다. 그리고 그의 몸에서는 어찌나 뜨거운 열기가 나는지 아무리 폭우가 쏟아져도 그의 몸 근처는 조금도 젖지 않았고 동료들이 싸늘하게 얼어죽을 지경이 되도 그는 자기 몸의 열기로 그들의 몸을 녹여주었다.

아더 왕은 카이가 가는 곳에는 반드시 따라가는 베드위르를 불렀다. 그 왕국에서는 아더 왕과 드리크 아일 키브타르를 제외하면 그보다 몸이 빠른 사람이 없었다. 그가 외팔이이기는 했어도 전쟁터에 나가면 그 누구보다도 더 잘 싸웠다. 또 그의 창은 적군의 창 아홉 개를 거뜬히 해치웠다.

그리고 아더 왕은 킨테리그를 안내자로 붙여 주었다. 그는 처음 가보는 땅에 관해서도 자기 고향처럼 잘 알 수가 있었다. 또한 왕은 어느 나라 말이든 다 알아듣는 구르히르 괄스타우트도 동행하도록 지시했다. 그리고 모험을 떠나면 반드시 목적을 성취하고서야 돌아오는 구야르의 아들 괄크마이도 따라가도록 했다.

그는 모든 기사들 가운데 가장 실력이 뛰어났다. 게다가 아더 왕은 테이르구웨트의 아들 메누도 불렀다. 그들이 야만인들의 나라에 들어갔을 때 아무도 그들을 보지 못하는 반면 그들은 모든 것을 볼 수 있게 만드는 마술을 부리게 하려는 것이었다.

이윽고 그들이 넓고 넓은 평원에 이르자 세상에서 가장 아름다운 거대한 성이 나타났다. 그러나 하도 멀리 떨어져 있어서 밤이 될 때까지 달려가도 조금도 가까워지는 것 같지 않았고 사흘이 지나서야 겨우 도착했다. 그곳에는 양 떼가 헤아릴 수도 없이 많았다.

양치기를 만나 그들이 찾아온 목적을 설명하자 양치기는 그런 목적으로 찾아온 사람 치고 살아서 돌아간 사람이 아무도 없다면서 말리려고 했다. 그들이 금반지를 하나 주었고 양치기는 그것을 자기 아내에게 주었다.

양치기의 아내가 몹시 기뻐하면서 달려나와 카이의 목을 두 팔로 껴안으려고 했다. 그러나 카이가 장작을 하나 빼어서 그녀의 두 팔 사이에 내밀었더니 그녀가 장작을 손으로 쥐어서 으스러뜨렸다. 카이가 한 마디 던졌다.

"나도 하마터면 으스러질 뻔 했어."

그들이 집으로 들어가서 식사를 대접받았다. 양치기의 아내는 올웬이 토요일마다 거기 와서 목욕을 한다고 말해주었다. 그들은 올웬을 절대로 해치지 않겠다고 약속하고 심부름꾼을 올웬에게 보냈다. 그래서 올웬이 진홍색 비단 옷을 걸치고 에메랄드와 루비의 목걸이를 하고 루비와 금실로 장식한 깃을 세운 채 찾아왔다.

그녀의 금발은 꽃보다도 더 눈부시게 빛났고 흰 살결은 파도의 거품보다 더 하얗고 두 손과 손가락들은 숲 속의 샘가에 핀 아네모네보다 더 아름다웠다.

두 눈은 독수리의 눈보다 더 반짝거렸고 젖가슴은 백조

의 가슴보다 더 하얗고 두 뺨은 붉은 장미보다 더 붉었다. 그녀를 쳐다보는 사람은 누구나 그 자리에서 사랑에 빠졌다. 그녀의 발길이 닿는 곳마다 흰색의 네 잎 클로버가 돋아났다. 그래서 그녀의 이름이 올웬이었다.

이윽고 그녀 곁에 나란히 앉은 킬후크가 사랑을 고백하자 그녀는 자기 아버지가 요구하는 것을 모두 들어주면 그의 아내가 되겠다고 대답했다. 그래서 그들은 성으로 들어가서 올웬의 아버지 이스파타덴 펜카우르에게 정식으로 허락을 요청했다.

이스파타덴 펜카우르가 말했다.

"내 눈을 덮고 있는 눈썹 밑의 Y자 모양의 받침대를 들어올려라. 그래서 내가 사위될 놈을 볼 수 있게 해라."

그들이 받침대를 들어올려 주었다. 그는 다음 날 아침에 대답을 하겠다고 말했다. 그런데 그들이 돌아서서 나갈 때 그는 자기 곁에 놓였던 독침 세 개 가운데 하나를 집어서 던졌다. 그러나 베두이르가 그 독침을 손으로 잡아서 그에게 다시 던졌다. 독침이 그의 무릎에 맞아서 상처를 입히자 그가 말했다.

"버릇없고 저주받은 사윗감이다. 앞으로 내 걸음걸이가 더 시원치 않게 되었다. 이 독침은 등에처럼 나를 물어뜯으니까. 독침을 만든 대장장이와 모루는 저주를 받아라."

기사들이 양치기 쿠스테닌의 집에서 하룻밤을 지낸 뒤에 다음 날 새벽에 성으로 가서 다시금 허락을 요청했다.

이스파타덴은 올웬의 증조 할머니 네 명 그리고 증조 할아버지 네 명과 상의를 해보고 나서 대답하겠다고 말했다. 기사들이 물러갈 때 그가 두 번째 독침을 던졌다. 그러나 메누가 그것을 손으로 잡아서 다시 던지자 그의 가슴에 맞더니 등으로 작은 구멍을 내면서 나왔다. 그가 투덜거렸다.

"버릇없고 저주받은 사윗감이다. 이 독침은 말 거머리처럼 나를 물어뜯으니까. 이 독침을 만들어낸 용광로는 저주를 받아라. 앞으로 내가 산을 오를 때마다 숨이 헐떡거리고 가슴에 심한 통증을 느낄 것이다."

세 번째 날에 기사들이 다시 성을 찾아갔고 이스파타덴은 세 번째 독침을 날렸다. 그러나 이번에는 킬후크가 그 것을 꽉 움켜쥐었다가 다시 날려서 그의 눈을 맞췄고 그래서 독침이 그의 뒤통수를 통해서 나왔다.

"버릇없고 저주받은 사윗감이다. 앞으로 내 시력이 한 층 더 시원치 않게 되었다. 바람을 받고 걸을 때마다 내 눈이 시려서 눈물을 흘릴 것이다. 초승달이 뜰 때마다 내 머리가 뜨거워지고 어질어질해질 것이다. 이 독침을 만들어 낸 불은 저주를 받아라. 이 독침은 미친개처럼 나를 물어 뜯을 테니까."

이윽고 그들이 함께 식사를 할 때 이스파타덴이 킬후크에게 물었다.

"내 딸과 결혼하겠다는 사람이 너냐?"

"그렇습니다."

"내게 언제나 올바른 행동만 하겠다고 맹세해라. 또한 내가 원하는 것을 말할 테니 그것을 가져다 바쳐라. 그러면 내 딸과 너는 결혼할 수 있어."

"무엇이든지 기꺼이 해드리지요."

"난 머리카락이 하도 많고 뻣뻣해서 온 세상의 빗과 가위를 모조리 사용해 보았지만 한 가지만은 써보지를 못했

118

어. 그것은 타레드 왕의 아들 투르크 트루이트가 가진 빗과 가위야. 그는 그 물건들을 고분고분 내 주지 않을 테고 너도 강제로 뺏을 수가 없을 거야."

"당신 눈에는 어렵게 보이겠지만 내게는 아주 쉬운 일이지요."

"그렇지 않아. 투르크 트루이트를 잡으려면 에리의 아들 그레이드의 사냥개 드루드윈을 얻어야 해. 그런데 그 사냥개를 부릴 줄 아는 자는 이 세상에 하나 뿐이야. 그는 모드론의 아들 마본이지. 태어난지 사흘만에 어머니 품을 떠났는데 그가 어디 있는지, 살아 있는지 죽었는지 아무도 몰라."

"당신 눈에는 어렵게 보이겠지만 내게는 아주 쉬운 일이지요."

"그렇지 않아. 마본을 잡으려면 그의 친척인 아에르의 아들을 먼저 찾아내야 되거든. 아에르의 아들을 찾아내려고 해야 소용 없어. 그들은 사촌 사이니까."

"당신 눈에는 어렵게 보이겠지만 내게는 아주 쉬운 일이지요. 아더 왕이 내게 말들과 기병들을 줄 거예요. 난 목숨을 잃는 한이 있어도 당신 딸과 결혼할 겁니다."

"그렇다면 좋다. 네가 모든 일에 성공하고 나면 내 딸을 아내로 맞이해라."

그들이 아더 왕에게 가서 보고하자 왕이 물었다.

"어떤 일부터 먼저 하는 것이 좋겠는가?"

"마본을 찾아내는 것이 제일 좋지만, 그보다 먼저 아에르의 아들 에이둘을 찾아내야 합니다."

이윽고 아더 왕이 자리에서 일어나 영국의 전사들을 거느리고 에이둘을 찾으러 떠났다. 그들은 에이둘을 감옥에 가두어 두고 있는 글리비의 성에 이르렀다. 성의 꼭대기에서 있던 글리비가 말했다.

"아더 왕이여, 이 성에는 아무것도 없는데 왜 여기 온 것입니까? 여기는 아무런 즐거움도 없고 밀이나 귀리도 다 떨어졌습니다."

아더 왕이 대꾸했다.

"너를 해치려는 것이 아니라 감옥에 갇힌 죄수를 넘겨달라고 온 것이다."

"딴 사람에게는 절대로 내주지 않겠지만 당신에게는 저 죄수를 내주겠습니다. 당신에게 협조하겠습니다."

전사들이 아더 왕에게 말했다.

"폐하께서는 이제 왕궁으로 돌아가십시오. 이런 사소한 일 때문에 더 이상 폐하께서 여행을 하실 필요가 없습니다."

아더 왕이 그들에게 성공을 기원해 준 뒤 왕궁으로 돌아갔다. 그들은 한참 더 전진하다가 칠구리의 검은 지빠귀를 만났는데 구르히르가 하늘에 맹세하고 말했다.

"태어난 지 사흘만에 어머니의 품을 떠난 마본에 관해서 아는 대로 말하라."

검은 지빠귀가 대답했다.

"내가 처음 여기 왔을 때 이곳에는 대장장이의 모루가 하나 있었지요. 난 그 때 어린 새였는데 이곳에서는 내가 부리로 그 모루를 쪼아대는 것 이외에는 일이랄 것이 하나도 없었어요. 그러니까 당신들이 찾는 이 사람에 관해서 난 아무 것도 몰라요. 그렇지만 나보다 먼저 태어난 짐승들이 많으니까 내가 안내해 드리지요."

그들이 레딘브레이의 숫사슴에게 이르렀다.

"우린 아더 왕이 파견한 무사들이다. 짐승 가운데 네가 제일 나이가 많으니 마본에 관해서 아는 대로 말하라."

숫사슴이 대답했다.

"내가 여기 왔을 때는 드넓은 초원에 나무라고는 오로지 가지가 백 개나 되는 상수리나무 뿐이었어요. 이제 그나무는 그루터기만 남고 모두 사라졌지요. 그런데 당신들이 찾는 그 사람에 관해서는 난 아무것도 몰라요. 그렇지만 나보다 먼저 태어난 짐승에게 안내해 드리지요."

그들이 쿰 콜루이드의 부엉이에게 갔다. 부엉이는 이렇게 대답했다.

"내가 안다면 대답해 주겠는데… 내가 처음 왔을 때 여기 나무가 **빽빽**하게 들어찬 계곡이었지요. 그런데 사람들이 와서 나무를 모두 베어버렸어요. 두 번째 생긴 숲도 사라지고 지금 보이는 것은 세 번째 숲입니다. 내 날개들도 낡아져 버렸고.

그런데 당신들이 찾는 그 사람에 관해서 난 들은 바가 전혀 없어요. 그러나 이 세상의 짐승 가운데 가장 나이가 많고 또 가장 많이 여행을 한 구에른 아부이의 독수리에게 안내하지요."

그들이 독수리에게 가자 독수리가 이렇게 대답했다.

"내가 여기 처음 왔을 때 거대한 바위가 있었는데 내가 밤마다 부리로 쪼아대서 이제는 조약돌이 되었지요. 그 정도로 난 여기서 오래 살았어요. 그런데 당신들이 찾는 그 사람에 관해서 들은 적이 없어요.

다만 이런 이야기는 해드리죠. 먹이를 찾으려고 멀리 린리우에 갔을 때 내가 발톱으로 연어를 한 마리 채어 가지고는 오랫동안 먹을 먹이를 얻었다고 생각했지요. 그런데 그 연어가 나를 깊은 물 속으로 끌고 들어가는 바람에 난 간신히 도망쳤어요.

얼마 후 난 모든 독수리들을 거느리고 연어를 죽이러 다시 갔지요. 그러자 연어가 화해하자면서 자기 등에서 낚시

바늘 50개를 빼가라고 하더군요. 그 연어 이외에는 그 사람에 관해서 말해 줄 짐승이 없을 겁니다. 연어가 있는 곳을 안내해 드리지요."

그들이 연어에게 갔을 때 독수리가 말했다.

"린 리우의 연어야, 마본네 관해서 알아보려고 아더 왕의 무사들을 모시고 왔다."

연어가 대답했다.

"내가 아는 대로 말하지요. 밀물이 들어올 때마다 나는 글로스터 성의 성벽 밑에까지 갔지요. 거기 가보면 알 거예요. 두 분이 내 등에 올라타면 안내해 드리지요."

카이와 구르히르가 연어의 등을 타고 글로스터 성의 감옥 밑에 이르자 지하감옥에서 신세를 한탄하며 울부짖는 소리가 들려왔다. 구르히르가 물었다.

"돌로 만든 지하감방에서 울부짖는 당신은 누구요?"

"나는 모드론의 아들 마본인데 여기 갇혀 있지요."

그들이 돌아가서 아더 왕에게 보고하자 왕이 군사를 이끌고 가서 성을 공격했다. 전투가 한창 벌어지고 있을 때 카이와 구르히르가 연어의 등을 타고 지하감방으로 들어가 마본을 구출해냈다. 그 후 아더 왕은 영국과 주위 세 개의 섬에 있는 모든 무사들을 이끌고 저 멀리 아일랜드의 에스게이르 우르벨까지 갔다.

거기에는 거대한 산돼지 트루이트가 새끼 일곱 마리를 거느리고 살고 있었다. 사냥개들이 사방에서 그에게 달려들었다. 그러나 산돼지는 아일랜드의 5분의 1을 짓밟은 뒤에 바다를 건너 웨일즈 지방으로 달아났다. 아더 왕의 군사들이 추격했다. 산돼지는 아더 왕의 용사들을 많이 죽였다.

왕은 웨일즈를 구석구석 뒤지며 추격하여 어린 돼지들을 하나씩 죽였다. 드디어 산돼지가 세버언 강을 건너서 콘월로 도망쳤다.

아더 왕과 마본이 그를 뒤쫓아갔는데 마본이 말에 박차를 가해서 달려 그에게서 면도칼을 뺏을 때 카이는 가위를 뺏었다. 그러나 그들이 빗을 뺏기 전에 산돼지가 벌떡 일어나 콘월로 도망친 것이다. 아더 왕의 군사들이 콘월에서 그를 발견했다. 그들은 아주 쉽게 빗을 빼았었다.

산돼지 트루이트는 쫓겨서 깊은 바다로 들어갔는데 그가 어디로 갔는지는 아무도 모른다.

수많은 무사들이 이스파타덴을 저주했다. 이윽고 킬후크와 그 일행이 보물들을 가지고 이스파타덴의 궁전으로 갔다. 영국 북부지방의 카우가 와서 그의 턱수염을 깎고 얼굴을 온통 깨끗이 면도해 주었다. 킬후크가 물었다.

"면도를 다 마쳤지요?"

"면도는 끝났다."

"이제 당신의 딸을 주십시오"

"그래, 네 것이다. 그렇지만 내게 감사할 게 아니라 이런 일을 성취시켜준 아더 왕에게 감사해라. 난 죽으면 죽었지 내 딸을 네게 넘겨줄 생각이 없었거든."

그 말을 들은 쿠스테닌의 아들 고레우가 그의 머리카락을 움켜쥐고 질질 끌고나가더니 목을 베어서 성채 높이 매달아 버렸다.

그 후 아더 왕의 무사들이 흩어져서 각자 자기 고향으로 돌아갔다. 이렇게 해서 켈리턴의 아들 킬후크는 이스파타덴 펜카우르의 딸 올웬을 손에 넣었다.

결혼을 신성하게 만들 수 있는 것은 오로지 사랑뿐이고 진정한 결혼은 오로지 사랑이 신성하게 만든 것뿐이다. – 톨스토이

빨간 벼슬을 가진 신사

　세상에는 가난한 과부들이 많은 법이지만 옛날에 어느 가난한 과부에게 외아들이 있었다. 여름에 가뭄이 몹시 심해서 그들은 새 감자를 추수할 때까지 어떻게 살아가야 할지 막막했다. 그래서 어느 날 저녁 잭이 말했다.

　"어머니, 내가 행운을 잡으러 떠날 테니 닭을 잡아서 삶고 빵을 만들어 주세요. 한 밑천 잡으면 반드시 돌아와서 어머니를 잘 모시겠어요."

　과부가 닭고기와 빵을 마련해주자 잭이 다음 날 새벽에 길을 떠났다. 대문 앞까지 따라나간 어머니가 말했다.

　"애야, 어느 쪽을 넌 선택하겠니? 닭고기 절반과 빵 절반을 가져간다면 난 축복할 테고, 모조리 너 혼자 가지고 가겠다면 난 저주할 테다."

"어머니! 왜 그런 질문을 던지는 거예요? 난 절대로 어머니의 저주를 원치 않아요."

"착하구나, 잭! 자, 여기 닭고기와 빵을 모두 가져가라. 그리고 내 축복도 함께!"

담에 기대어 선 어머니는 잭이 보이지 않게 될 때까지 그를 축복했다.

한편 잭은 한없이 길을 걸어가다가 몹시 지치고 말았다. 그러나 농부의 집에 들어가 심부름하는 소년이 되지는 않았다. 드디어 늪지대에 이르렀는데 풀이 무성한 진흙탕에 등까지 빠진 당나귀가 빠져 나오지 못한 채 허둥거리고 있었다. 그리고 잭을 향해 소리쳤다.

"어이, 거기 땅에 있는 잭! 날 좀 구해 줘. 안 그러면 난 물에 빠져 죽게 될 거야."

"두 번 말하면 잔소리지."

잭이 커다란 돌들과 마른 흙덩이들을 던져서 당나귀가 무사히 빠져 나와 마른 땅을 밟게 되었다.

"고마워, 잭. 네가 어려울 때 보답해 주겠어. 그런데 어딜 가는중이지?"

"새 감자를 추수할 때까지 행운을 잡으러 가고 있어."

"나도 데려가 줘. 우리에게 행운이 올지 누가 알아?"

검은 수탉아, 입 닥쳐! 맛있는 풀을
먹고 있는데 왜 산통을 깨는 거야.

"좋아. 날이 저물고 있으니 빨리 길을 재촉하자."

얼마 후 어느 마을을 지나가고 있는데 수많은 아이들이
꼬리를 내린 가련한 개를 추격하는 중이었다.

개가 잭에게 달려와 보호를 요청했고 당나귀는 있는 힘
을 다 해서 울어댔다. 그러자 그 꼬마 악당들이 골목대장
의 호통소리라도 들은 듯이 걸음아 날 살려라 하고 달아났
다. 개가 잭에게 말했다.

"잭, 정말 고마워요. 그런데 이 당나귀를 데리고 어딜
가는 중이지요?"

"새 감자를 추수할 때까지 행운을 잡으러 가고 있어."

"나도 데려가 준다면 영광이겠어요! 못된 꼬마 놈들에
게 쫓겨다니는 것보다는 낫지요."

"좋아. 꼬리를 높이 치켜들고 날 따라와."

그들이 마을을 벗어나서 낡은 우물가에 앉았다. 잭이 빵
과 닭고기를 꺼내서 개와 함께 먹었다. 당나귀는 엉겅퀴로
배를 채웠다. 그들이 음식을 먹으면서 재미있게 이야기를
나누고 있을 때 굶어서 죽을 지경이 된 고양이가 나타났다.

잭은 그 몰골이 너무나도 불쌍하게 보여서 말을 걸었다.

"넌 뱃가죽이 등에 붙었구나. 자, 여기 뼈다귀를 줄 테니 좀 뜯어먹어라."

고양이 톰이 대꾸했다.

"당신 자녀들이 절대로 굶주리는 일이 없기를 바래요. 친절에 정말 감사해요. 그런데 어딜 가는중이지요?"

"새 감자를 추수할 때까지 행운을 잡으러 가고 있어. 원한다면 너도 따라와."

"고마워요. 기꺼이 따라가지요."

그들이 다시 길을 떠났다. 나무 그림자가 세 배나 길어졌다. 갑자기 길 저쪽에서 소란한 소리가 나더니 여우가 검은 수탉을 입에 문 채 튀어나왔다. 당나귀가 천둥소리처럼 고함쳤다.

"야, 이 망할 놈의 악당아!"

잭이 소리쳤다.

"개야, 착하지. 저놈을 잡아라."

그 말이 떨어지기가 무섭게 콜리가 붉은 털의 여우 레이너드를 추격했다. 레이너드는 뜨거운 감자를 입에 물고 있었다는 듯이 닭을 뱉어버린 뒤에 쏜살 같이 달아났다. 가련한 수탉이 온몸을 부들부들 떨면서 잭에게 다가와서 말했다.

"휴우! 여러분이 마침 여기 나타난 것은 내 일생에 가장 큰 행운이지요. 은혜는 꼭 보답하겠어요. 그런데 어딜 가는중이지요?"

"새 감자를 추수할 때까지 행운을 잡으러 가고 있어. 원한다면 너도 따라와. 가다가 지치면 당나귀 네디의 꼬리에서 쉬어도 좋아."

그들이 다시 걸어갔다. 날이 저물자 사방을 휘둘러봐도 농부의 집이 하나도 보이지 않았다. 잭이 말했다.

"자, 지금은 형편이 안 좋지만 다음에는 좋아질 거야. 지금은 한여름이니까 숲 속에서 긴 풀 위에 누워 잠을 자자."

잭이 마른풀 더미 위에 팔다리를 펴고 누웠고 그 옆에 당나귀가 엎드렸으며 개와 고양이는 당나귀의 따뜻한 무릎에 각각 자리를 잡았다.

닭은 근처 나무에 올라가 횃대에 앉았다. 모두 깊은 잠에 빠져 들어갔다. 이윽고 검은 수탉이 울어댔다. 당나귀가 투덜댔다.

"검은 수탉아, 입 닥쳐! 맛있는 풀을 내가 한창 먹고 있는 중인데 왜 산통을 깨는 거야? 도대체 무슨 일이야?"

"날이 밝았어. 저 불빛이 안 보여?"

잭이 대꾸했다.

"불빛이 보이기는 하지만 저건 햇빛이 아니라 촛불에서

나오는 불빛이야. 수탉 때문에 잠이 깼으니까 일단 저기 가서 잠자리를 요청해 보자.”

그래서 그들이 모두 일어나 풀더미와 바위와 찔레나무 등을 거쳐서 어느 굴 앞에 이르렀다. 안에서 불빛이 비쳐 나오고 노랫소리, 웃음소리, 그리고 욕지거리 소리가 뒤섞여서 흘러나왔다. 잭이 소근거렸다.

“쉿! 저놈들이 누군지 알아낼 때까지는 소리도 내지마.”

그들이 아주 가까이 다가가서 보니까 안에는 권총, 나팔총, 칼로 무장한 도둑 여섯 명이 식탁에 둘러앉은 채 구운 쇠고기와 돼지고기를 먹고 맥주, 포도주, 위스키를 마시는 중이었다. 입에 잔뜩 고기를 처넣은 채 매우 험상궂게 생긴 도둑이 말했다.

“던라빈의 영주를 멋지게 털었어. 정말 멋지게 털었다 이거야. 그렇지만 이건 저 정직한 문지기 덕분이야. 그 친구를 위해서 건배!”

나머지 도둑들이 맞장구쳤다.

“문지기를 위해 건배!”

잭이 동료들에게 손짓하고 나서 속삭였다.

“우린 힘을 합쳐야 돼. 내 명령대로만 해야 되는 거야.”

그래서 당나귀가 앞발들을 창틀에 걸치고 개가 그 머리에 올라가고 고양이가 개의 머리에 올라가고 수탉이 고양

이의 머리 위로 올라갔다. 잭이
신호를 하자 그들이 일제히 미친
듯이 소리쳤다.

"히힝! 히힝!"

"멍멍!"

"야옹! 야옹!"

"꼬끼오! 꼬끼오!"

잭이 있는 힘을 다 해서 소리
쳤다.

"너희는 모두 권총으로 겨누어
라! 저놈들을 한 놈도 살려주지
말고 모조리 죽여라! 발사 준비!
사격!"

그 말이 떨어지기가 무섭게 짐
승들이 다시금 울부짖으면서 유
리창을 모조리 깨어 버렸다.

도둑들은 목숨을 잃을까 겁이
나서 촛불을 얼른 끄고는 식탁
아래로 몸을 숨겼다가 뒷문을 통
해서 줄행랑을 쳤다. 그리고 말
을 타고는 숲 속으로 정신없이

달려갔다.

잭과 그 일행이 안으로 들어가서 덧문을 닫은 뒤 촛불을 켜고는 음식과 술을 마음껏 먹고 마셨다. 그런 다음 모두 잠자리에 들었는데 잭은 침대에, 당나귀는 마구간에, 개는 문지방 근처 양탄자에, 고양이는 난로 가에, 닭은 횃대에 각각 자리를 잡았다.

울창한 숲 속으로 안전하게 피신한 것을 도둑들이 처음에는 다행으로 여겼지만 얼마 지나지 않아서 불만을 품게 되었다.

"여기 풀은 축축해서 틀렸어."

"난 살찐 돼지다리를 다 뜯어먹지 못하고 왔어."

"난 술 한 잔을 다 마시지도 못했어."

"난 던라빈 영주의 금과 은을 모두 저기 두고 왔어."

이윽고 두목이 말했다.

"난 돌아가서 뭐라도 좀 가져와야겠어."

"말도 안 되는 소리!"

그러나 두목은 그 집으로 돌아갔다. 불이 모두 꺼져 있어서 그는 더듬거리면서 난롯가로 다가갔다. 그러자 고양이가 달려들어 이빨로 물고 발톱으로 할퀴었다. 그는 비명을 내지르면서 초를 찾으러 방으로 들어갔다. 그러나 개의 꼬리를 밟는 바람에 개가 그의 팔과 다리와 가랑이를 물어뜯었다. 그가 다시금 비명을 내질렀다.

"사람 살려! 이 저주받은 집에서 빨리 달아나자!"

그가 대문 앞에 이르자 수탉이 달려들어 날카로운 부리로 마구 쪼아댔다. 고양이와 개에게 당한 것은 약과였다.

"동정심이라고는 눈곱만큼도 없는 악당들이다!"

그가 그렇게 소리치고 겨우 정신을 차려서 비틀걸음으로 마구간으로 들어가 서성대고 있을 때 당나귀가 뒷발로 그의 배를 걷어차서 똥 구덩이에 처넣었다.

얼마 후 정신을 다시 차린 그는 도대체 어찌된 영문인지 몰랐다. 두 다리가 아직 멀쩡하다는 것을 깨닫자 똥 구덩이에서 엉금엉금 기어 나간 뒤 비틀비틀하면서 숲으로 돌아갔다. 그가 가까이 다가가자 남은 도둑들이 소리쳤다.

"우리 재산을 되찾을 가능성이 있어요?"

"가능성이라니? 그 따위는 조금도 없어. 마른 풀로 내 잠자리나 좀 만들어라. 난 온몸이 베이고 멍들었어. 내가 당한 일을 너희가 안다면 찍 소리도 못할 거야. 내가 아궁이에 가서 불씨를 얻으려고 했을 때 거기 할망구가 있다가 쇠 빗으로 내 얼굴을 찍어댔어.

있는 힘을 다 해서 내가 문으로 갔더니 신기료 장수가 앉아 있다가 송곳과 쪽집게로 마구 쑤셔댔어. 겨우 놈에게

서 벗어나 문을 지나는데 악마가 달려들어 이빨로 물고 발톱으로 할퀴어 댔지. 망할 자식! 놈의 이빨과 발톱은 커다란 못과 같았어.

드디어 내가 마구간에 들어갔는데 이번에는 엄청난 망치로 얻어맞아서 난 십리 밖으로 나가 떨어졌어. 내 말을 못 믿겠다면 너희도 거기 가보고 스스로 판단하는 게 좋아."

"가련한 두목님! 우린 당신 말을 전부 믿어요. 저주받은 저 집으로 어리석게도 우리가 돌아간다면 당신이 우릴 말려야 해요."

다음 날 아침 일찍 일어난 잭과 그 일행은 전날 밤에 먹다 남은 것으로 배불리 아침식사를 마쳤다. 그리고 던라빈의 영주에게 돌아가 그의 보물을 돌려주기로 합의했다. 잭은 보물들을 두 자루에 가득 넣고는 당나귀 네디의 등에 실었다. 그런 다음 모두 길을 떠났다.

그들은 늪지대를 지나고 언덕을 넘고 계곡을 건너간 뒤 누런 흙이 깔린 큰길을 따라 걸어가서 던라빈 성주의 접견실 문 앞에 이르렀다. 거기에는 흰 가루를 뿌린 가발을 쓰고 흰 양말을 신고 빨간 바지를 입은 문지기가 버티고 서 있었다. 불쾌한 표정으로 그들을 훑어보던 그가 잭에게 말했다.

"무슨 일로 여기 왔지? 여긴 너희가 올 데가 아니야."

"손님에게 예의도 차릴 줄 모르나?"

"게으른 건달들아, 썩 꺼지지 못해? 아니면 개들을 풀어서 물어뜯게 할 거야."

당나귀 머리 위에 앉아 있던 수탉이 말했다.

"며칠 전 밤에 여기 문을 누가 열어주었는지 말해 봐."

벌겋던 문지기의 얼굴이 갑자기 창백해졌다. 마침 그 때 성주와 딸이 접견실 창가에 서 있다가 고개를 내밀었다. 그리고 성주가 문지기 바니에게 말했다.

"바니! 빨간 벼슬을 가진 저 신사의 말에 대답을 해 봐."

"성주님, 저 악당의 말을 믿지 마세요. 저는 여섯 명의 도둑에게 문을 열어준 적이 없어요."

"도둑이 여섯 명인 줄을 네가 어떻게 알지?"

잭이 나서서 말했다.

"염려 마세요. 성주님의 금과 은이 모두 저 두 자루 속에 들어있거든요. 저 먼 아트살라크 숲에서 돌아온 우리에게 저녁식사와 잠자리는 마련해 주시겠지요?"

"그야 물론이지! 앞으로 너희는 아무도 굶주리는 날이 없을 거다. 내가 보장하지."

그래서 모두 대환영을 받았다. 당나귀와 개와 수탉은 농장에서 제일 좋은 자리를 차지했고 고양이는 부엌을 맡았다. 성주는 잭에게 아주 멋진 옷을 입힌 다음 주머니에 시계를 넣어주었다.

그들이 저녁식사를 할 때 성주의 부인은 잭이 신사다운 풍채를 가지고 있다고 말했고 성주는 그를 신하로 삼겠다고 말했다. 잭이 어머니를 모시고 가서 성 근처에 집을 마련했고 모두 행복하게 살았다.

어떠한 여건에서도 항상 냉정하고 침착한 것만큼 크게 도움이 되는 것은 없다. – 제퍼슨

짜릿한 넘 하나 물어와

쉬 안 가논은 아침에 태어나서 정오에 이름을 지어 받았고 저녁에 아일랜드의 왕을 찾아가서 공주를 아내로 삼겠다고 말했다. 오래 전부터 왕은 공주에게 "네 남편감은 네가 골라라. 그러니 어서 나가서 짜릿한 넘 하나 물어와. 만일 네가 신랑감을 구하지 못하면 말 할 자격이 없다."고 말한 적이 있었다. 그래서 왕은 공주에게 청혼한 쉬 안 가논에게 이렇게 말했다.

"그루아가크 가이레이는 지금까지 항상 웃기만 했지. 하도 크게 웃는 바람에 온 세상 사람들이 그의 웃음소리를 들을 수가 있었어. 그런데 어느 날 갑자기 웃음을 그쳐버렸어. 그가 왜 웃지 않게 되었는지 그 이유를 알아오지 않으면 너는 공주와 결혼할 수가 없어. 저기 왕궁 뒷마당에는 창이 열두 자루 꽂혀 있는데 열한 자루 끝에는 다른 나라 왕자들의 머리가 꽂혀 있어. 그들은 공주와 결혼하려고 왔지만 내가 원하는 그 이유를 알아오지 못했기 때문에 내가 모두 목을 잘랐지. 난 네 잘려진 머리가 열두 번째 창끝에 꽂힐까 매우 두려워. 왜냐하면 그루아가크가 왜 웃음을 그쳤는지 못 알아온다면 나는 네 목도 잘라버릴 테니까."

쉬 안 가논은 아무런 대꾸도 하지 않은 채 왕궁에서 물러나가 그루아가크가 왜 웃음을 그쳤는지 알아내려고 말 없이 궁리했다. 그는 계곡을 단숨에 뛰어넘고 산도 한 걸음에 가로질러서 해가 질 때까지 달려가 어느 집에 도착했다. 집주인이 누구냐고 물었다. 그는 "일자리를 구하는 젊은이지요."라고 대답했다.

"마침 난 암소들을 돌볼 사람을 구하려고 내일 외출하려던 참이었지. 네가 여기서 일을 해준다면 세상에서 제일 맛있는 음식과 푹신푹신한 침대를 얻을 거야."

쉬 안 가논이 거기서 일하겠다고 말하고 저녁을 얻어 먹었다. 그러자 집주인이 말했다.

"난 그루아가크 가이레이야. 네가 이제부터 여기 일꾼이 되었고 또 내 음식도 먹었으니까 비단이불이 깔린 침대를 주겠어."

다음 날 아침식사를 마친 뒤에 그루아가크가 쉬 안 가논에게 말했다.

난 네 잘려진 머리가 열두 번째 창끝에
꽂힐까 두렵다. 그러니 어서 공주를 웃겨봐.

"밖으로 나가서 내 황금 암소 다섯 마리와 뿔이 없는 황
소를 목장으로 데리고 가라. 그러나 내 소들이 거인의 땅
으로 들어가지 못하게 잘 감시해야 된다."

소몰이로 새로 취직한 그는 소들을 몰고 목장으로 나갔
다. 그런데 거인의 땅을 보자 거기에는 나무가 무성하게
우거졌는데 높다란 담으로 둘러싸여 있었다.

그가 다가가서 담에 등을 대고 힘껏 밀쳐서 무너뜨렸다.
그리고 다른 담도 그렇게 무너뜨리고는 황금 암소 다섯 마
리와 뿔 없는 황소를 풀어놓았다.

그는 나무에 기어올라가서 맛있는 사과는 자기가 따먹
고 신 사과들은 그루아가크의 소들에게 던져주었다. 즉시
숲에서 쿵쾅거리는 소리가 나더니 싱싱한 나뭇가지들이
휘어지고 낡은 가지들이 부러지는 소리가 들렸다. 소몰이
청년이 휘둘러보니까 머리가 다섯이나 달린 거인이 숲에
서 나타나 코앞에 우뚝 서서 소리쳤다.

"가련한 놈 같으니! 감히 내 땅에 들어와서 이런 식으로
나를 괴롭힌단 말이냐? 넌 내가 한 입에 먹기에는 조금 크

141

고 두 입에 먹기에는 너무 작아. 그렇다면 찢어서 먹을 수밖에 없겠어."

나무에서 내려온 소몰이 청년이 대꾸했다.

"이 더러운 악당아! 너 같은 건 내 상대가 못 되."

둘이 맞붙어서 싸웠다. 그들이 싸우는 소리가 어찌나 컸던지 하늘이 흔들리고 땅이 울리는 그야말로 멋진 광경이었다. 오후 늦게까지 싸움이 계속되었는데 거인이 유리해졌다. 소몰이 청년은 만일 거인이 자기를 죽인다면 부모님이 자기를 두 번 다시 보지 못하고 자기는 왕의 딸과 결혼하지도 못할 것이라고 생각했다.

그런 생각이 들자 그의 몸에는 더욱 힘이 솟구쳤다. 그래서 거인에게 달려들어 한 방 갈기자 거인이 무릎을 꿇었고 두 방을 먹이자 거인의 허리가 굽어지고 세 방을 먹였을 때 거인이 드디어 땅바닥에 엎어졌다.

"드디어 내가 이겼어. 넌 끝장이야."

그가 칼을 빼서 거인의 목 다섯 개를 잘라서 담 너머로 던져 버리고 혀 다섯 개를 잘라서 주머니에 넣은 뒤에 소떼를 몰고 돌아갔다. 그날 밤 그루아가크는 우유를 하도 많이 짜서 집안의 그릇을 모두 동원해도 다 담을 수가 없었다.

그런데 소몰이 청년이 집으로 돌아간 뒤 티세안의 왕의

아들이 그곳에 나타나서 거인의 머리들을 주워 가지고 왕궁으로 갔다. 그리고 그루아가크 가이레이가 다시 웃는 날 공주를 자기 아내로 달라고 요청했다.

저녁식사를 마친 뒤에 소몰이 청년은 주인에게 아무런 설명도 해주지 않은 채 비단침대에 가서 잤다. 다음 날 아침 주인보다 일찍 일어난 소몰이 청년이 그루아가크에게 물었다.

"온 세상 사람들이 다 듣도록 웃는 버릇이 있던 네가 왜 이제는 웃지 않느냐?"

"아일랜드 왕의 딸이 너를 보냈군. 넌 참 가련한 놈이야."

"자진해서 이유를 말하지 않는다면 난 강제로 말하게 만들겠어."

소몰이 청년이 무시무시한 표정으로 그루아가크를 노려보았다. 그리고 미친 듯이 온 집안을 돌아다니면서 그루아가크를 혼내줄 도구를 찾았지만 벽에 걸린 밧줄 이외에는 아무것도 찾아내지 못했다. 그 밧줄은 무두질하지 않은 양가죽으로 만든 것이었다.

그는 밧줄을 잡아챈 다음 그루아가크를 발가락 끝이 그의 귀에 닿도록 꽁꽁 묶었다. 그제야 그루아가크가 말했다.

"나를 풀어주면 이유를 말해 주겠어."

그래서 소몰이 청년이 그를 풀어주고 둘이 식탁에 마주

앉게 되자 그루아가크가 설명하기 시작했다.

"난 이 성에서 열두 명의 아들을 데리고 살았어. 우린 먹고 마시고 카드 놀이도 하면서 즐겁게 살았지. 어느 날 우리가 카드놀이를 하고 있는데 갈색 산토끼가 뛰어들어 오더니 난로에 뛰어들었고 재를 사방에 뿌린 다음 달아나 버렸지.

어느 날 산토끼가 또 들어왔지. 놈이 재를 또 사방에 뿌린다면 우린 잡아버리겠다고 벼르고 있었어. 그 놈이 재를 사방에 뿌리고 달아나자 우린 밤이 되도록 추격하여 계곡에 도달했어. 저 앞에 불빛이 보였지.

내가 달려가 보니까 커다란 저택이 나타났어. 거기에는 누런 얼굴이라고 부르는 사내가 딸 열두 명을 데리고 살았는데 산토끼는 딸들 근처에 묶여 있었어. 그 방의 장작불 위에는 커다란 솥이 걸려 있었고 그 솥 안에서는 커다란 황새가 삶아지고 있었지. 집주인이 내게 말했어.

'저 끝에 골풀 더미가 있으니까 당신들은 거기 가서 앉아 있어요.'

그가 옆방으로 들어가 창을 두 자루 꺼내와서는 어느 것을 내가 선택하겠는지 물었어. 하나는 나무로 된 것이고 또 하나는 쇠로 만든 거였어. 나는 쇠로 만든 창을 달라고 했지. 어떤 놈이 공격해 오는 경우에는 나무 창보다는 쇠

창이 방어하기에 더 유리하다고 생각했거든.

누런 얼굴은 내게 쇠창을 주었어. 그런데 창끝으로 황새 고기를 찍어 먹게 되자 나는 작은 조각 하나밖에 못 건졌고 집주인이 나머지를 전부 차지했어. 그날 밤 우린 배를 곯았어. 누런 얼굴과 딸들은 황새 고기를 다 먹고 나자 뼈다귀를 우리 얼굴을 향해 던졌어.

우린 황새 뼈다귀들에 얼굴을 얻어맞고 나서 그날 밤은 거기서 새웠어. 다음 날 아침 우리가 떠나려고 하자 집주인이 잠시만 기다리라고 하더니 옆방으로 가서 쇠 테두리 열두 개와 나무 테두리 한 개를 가지고 왔지. 그리고 '당신은 나무 테두리나 쇠 테두리를 선택하시오. 나머지는 당신 아들들 목에 거시오.' 라고 말했어. 나는 나무 테두리를 가지겠다고 말했지.

그는 쇠 테두리 열두 개를 내 아들들의 목에 걸고 내 목에는 나무 테두리를 걸었어. 그런 다음 쇠 테두리들을 하나씩 조이더니 열두 명의 내 아들들의 목을 잘라서 잘린 목과 시체를 밖으로 가지고 나갔어. 그러나 내 목은 자르지 않았지.

내 아들들을 죽이고 난 그는 내 등의 살과 가죽을 모두 발라낸 뒤 벽에 7년 동안이나 걸려있던 검은 염소의 가죽을 내 등에 붙였지. 그 후 내 등에서 염소 털이 자라기 시작했고 해마다 나는 그 털을 깎아서 양말을 만들어 신었어."

말을 중단하고 그루아가크가 검은 털이 난 자기 등을 소몰이 청년에게 보여주었다. 소몰이 청년이 말했다.

"당신이 왜 웃지 않는지 이제야 알았어. 그건 당신 잘못이 아냐. 그런데 산토끼는 아직도 여기 나타나는가?"

"물론이지."

둘이 카드놀이를 시작했다. 그러자 얼마 지나지 않아서 산토끼가 들어왔다가 즉시 나가버렸다. 소몰이 청년이 산토끼의 뒤를 추격하고 그루아가크가 그 뒤를 쫓아갔다. 그들은 있는 힘을 다 해서 무섭게 달려갔다.

밤이 될 때까지 달려갔는데 산토끼는 그루아가크의 아들들이 살해된 그 집으로 들어갔다. 소몰이 청년이 산토끼의 뒷다리들을 잡아서 벽에 대고 후려쳤다. 산토끼의 대가리가 그 저택에서 제일 큰방에 떨어져서 누런 얼굴의 발 아래로 굴러갔다. 그러자 누런 얼굴이 고함쳤다.

"어느 놈이 감히 나의 용감한 산토끼를 죽였느냐?"

소몰이 청년이 대꾸했다.

"내가 했소. 그 놈이 버릇없이 굴지만 않았어도 죽지는 않았을 거요."

소몰이 청년과 그루아가크가 벽난로 앞에 서 있었다. 그루아가크가 처음 거기 갔을 때와 마찬가지로 솥에서 황새가 삶아지고 있었다. 누런 얼굴이 옆방으로 가서 쇠창과 나무창을 가지고 와서 소몰이에게 고르라고 말했다.

"난 나무창을 가지겠소. 쇠창은 당신이 가지시오."

나무창을 선택한 소몰이가 황새 고기를 작은 조각만 남기고 모조리 건져 가진 뒤 그루아가크와 함께 밤새도록 먹었다. 둘은 배도 부르고 편안하게 지냈다.

다음 날 아침 누런 얼굴이 나무 테두리 한 개와 쇠 테두리 열두 개를 옆방에서 가지고 나와 소몰이에게 골라보라고 말했다. 소몰이가 대답했다.

"나와 그루아가크에게 쇠 테두리 열두 개가 무슨 소용이 있겠어요. 난 나무 테두리를 가지겠어요."

소몰이는 나무 테두리를 목에 걸었다. 그리고 쇠 테두리 열두 개를 받아서 집주인의 열두 명의 딸들의 목에 각각 걸고는 조여서 모두 목을 잘랐다. 그런 다음 누런 얼굴에게 말했다.

"그루아가크의 열두 아들을 다시 살려내고 평소와 같이 튼튼한 몸으로 만들지 않는다면 네 딸들처럼 네 목도 잘라버리겠어."

누런 얼굴이 밖으로 나가 열두 아들을 다시 살려냈다. 자기 아들들이 다시 살아난 것을 보자마자 그루아가크는 자기도 모르게 웃음을 터뜨렸다. 그래서 온 세상 사람들이 그 웃음소리를 모두 들었다.

그러자 소몰이 청년이 그루아가크에게 말했다.

"당신은 내게 아주 불리한 짓을 했어. 당신의 웃음소리가 들리면 그 다음 날 아일랜드의 공주가 결혼하게 되어 있거든."

그루아가크가 대꾸했다.

"저런! 그렇다면 우리가 늦지 않게 거기 도착해야겠군."

소몰이와 그루아가크와 열두 명의 아들들이 즉시 그곳을 떠나서 있는 힘을 다 해 빨리 달려갔다. 그들이 왕궁에서 5킬로미터 가량 떨어진 곳에 이르렀을 때 어찌나 많은 사람들이 몰려들어 있는지 한발자국도 더 나아갈 수가 없었다. 소몰이 청년이 말했다.

"사람들을 헤치고 길을 뚫어야해."

그루아가크가 맞장구쳤다.

"그야 물론이지!"

그들이 사람들을 이리저리 헤쳐서 왕궁으로 가는 길을 뚫었다. 그들이 안으로 들어갔을 때 마침 아일랜드의 공주와 티세안의 왕자가 나란히 무릎을 꿇고 막 결혼을 하려는 참이었다. 소몰이 청년이 왕자를 잡아서 한 주먹에 내려쳤다. 왕자가 빙글빙글 돌더니 저쪽 끝의 테이블 밑으로 나가떨어졌다. 아일랜드의 왕이 물었다.

"어느 악당이 왕자를 때렸느냐?"

"제가 했지요."

"왜 쳤느냐?"

"공주와 결혼할 자격이 있는 건 저놈이 아니라 바로 저입니다. 제 말을 못 믿겠다면 여기 그루아가크가 있으니 직접 처음부터 끝까지 이야기를 들어보세요. 그가 거인의 그루아가크들을 보여줄 겁니다."

그루아가크가 왕에게 나아가서 자세히 경의를 설명했다.

"내가 웃음을 그친 이유를 들은 유일한 사람이 바로 이 청년이고 또 검은 털이 자라는 내 등을 본 유일한 사람도 바로 이 청년이지요."

그루아가크의 말을 듣고 또 거인의 혓바닥들을 본 왕은 쉬 안 가논에게 공주 옆에 무릎을 꿇으라고 말했다. 그들은 그 자리에서 결혼했다.

티세안의 왕자는 감옥에 처넣었고 다음 날 그를 불에 태워 재로 만들었다. 그들의 결혼을 축하하는 잔치가 9일 동안 계속되었는데 마지막날이 첫날보다 한층 더 성대했다.

말하는 것은 지식의 역할이고 듣는 것은 지혜의 특권이다.
- O.W, 홈스

신기한 이야기꾼의 고뇌

옛날에 아일랜드의 레인스터 지방을 다스리는 왕이 있었는데 그는 이야기를 듣는 일을 너무나도 좋아했다. 다른 왕들과 마찬가지로 그도 자기가 특히 좋아하는 이야기꾼을 곁에 두고 있었다.

그는 자기가 잠들기 전에 매일 밤 새로운 이야기를 들려준다는 조건 아래 이야기꾼에게 넓은 땅을 주었다. 그 이야기꾼은 정말 재밌는 이야기가 산더미처럼 많아서 나이를 아주 많이 먹을 때까지 언제나 새로운 이야기를 들려주었다.

왕이 아무리 나라일로 걱정을 하고 있다 해도 그는 이야기를 들려주어서 왕이 편안하게 잠들게 만들었다.

어느 날 아침 이야기꾼이 평소와 마찬가지로 일찍 일어났다. 정원을 이리저리 산책하면서 밤에 왕에게 들려줄 새

거지가 자루에서 비단실 꾸러미를 꺼내서
푸른 하늘로 던지자 실이 사다리로 변했다.

로운 이야기를 꾸몄다.

그러나 그날 아침에는 정원을 한 바퀴 돌아서 다시 문
앞에 이르렀는데도 새롭거나 신기한 이야기를 만들어내
지 못했다. "옛날에 아들 셋을 둔 왕이 살았다."거나 "어느
날 아일랜드의 왕이…."하는 대목은 쉽게 생각해 냈지만
그 이상 이야기를 끌어갈 수가 없었다. 드디어 그가 아침
식사를 하려고 식탁에 앉았다. 아내는 그가 늦게 식탁에
왔기 때문에 걱정을 했다.

"왜 이렇게 늦었어요?"

"아무것도 먹고 싶지 않아. 레인스터의 임금님을 오랫
동안 모셔왔지만 난 밤에 들려줄 새로운 이야기를 완성하
기 전에는 아침식사를 하지 않았어. 그런데 오늘 아침에는
생각이 꽉 막혀서 어떻게 해야 좋을지 모르겠어. 당장 죽
어버리는 게 나을지도 몰라. 오늘밤에는 내가 수치스럽게
쫓겨나고 왕은 다른 이야기꾼들을 불러들일 테니까."

마침 창 밖을 내다본 그의 아내가 말했다.

"정원 저쪽 끝에 있는 검은 점이 보여요?"

"그래."

그들이 가까이 가서 보니까 목발을 땅바닥에 내려놓은 채 노인이 누워 있었다. 이야기꾼이 물었다.

"당신은 누구요?"

"아, 제가 누구인지는 아무 문제도 안 되요. 전 그저 가난하고 늙고 다리를 절며 비참하고 가련한 놈일 뿐이며 여기서 잠시 쉬는 겁니다."

"손에 든 그 주사위와 통은 뭐요?"

그 늙은 거지가 대꾸했다.

"나하고 내기를 할 누군가를 기다리고 있지요."

"내기를 한다? 늙은 거지 주제에 뭘 가지고 내기를 한단 말인가?"

"전 이 가죽 주머니에 금화 백 개를 가지고 있지요."

이야기꾼의 아내가 내기를 하라고 권고했다.

"이 사람과 내기를 하세요. 밤에 왕에게 들려줄 이야기거리를 얻을지도 모르잖아요."

거지와 이야기꾼 사이에 평평한 돌이 놓이고 각자 주사위를 던졌다. 얼마 지나지 않아 이야기꾼이 돈을 몽땅 잃었다.

"당신은 솜씨가 보통이 아니군. 내가 바보지."

"또 하겠어요?"

"무슨 소리? 난 다 잃었는데."

"당신은 마차들과 말들과 사냥개들을 가지고 있잖아요?"

"그래서?"

"제 돈을 거기 모두 걸겠어요."

"말도 안 되는 소리! 아일랜드의 모든 돈을 준다고 해도 난 마누라가 걸어서 집에 돌아오는 꼴을 보고 싶지 않아."

"당신이 이길지도 모르지요."

"질지도 몰라요."

이야기꾼의 아내가 재촉했다.

"여보, 한번 더 하세요. 난 걸어다녀도 상관없어요."

이야기꾼이 아내에게 대꾸했다.

"난 당신의 요청을 거절해 본 적이 없지. 그러니까 오늘도 거절하지 않겠어."

그들이 다시 주저앉아 주사위를 던졌다. 단 한번에 그는 집도 사냥개들도 마차들도 모두 잃었다. 거지가 물었다.

"한번 더 하겠어요?"

"누굴 놀리나? 난 가진 게 아무것도 없어요."

"난 가진 것을 모두 걸고 당신은 아내를 걸면 되지요."

이야기꾼이 말없이 돌아섰지만 그의 아내가 붙잡았다.

"해보세요. 이번이 세 번째예요. 행운이 올지 누가 알아요? 당신은 꼭 이길 거예요."

그들이 다시 내기를 했고 이야기꾼이 또 졌다. 그러자 즉시 그의 아내가 흉하게 생기고 늙어빠진 거지 옆에 가서 앉았다. 놀라기도 하고 너무나도 슬퍼서 이야기꾼이 말했다.

"당신 꼭 이런 식으로 나를 떠나야 하나?"

"당신이 졌잖아요. 당신, 설마 가련한 이 사람을 속이려고 하진 않겠지요."

늙은 거지가 물었다.

"내기에 걸 게 뭐 또 없나요?"

"내가 아무것도 없다는 건 당신이 잘 알고 있지요."

"나는 당신 아내와 내가 가진 것을 모두 걸고 당신은 당신 자신을 걸면 되요."

그들이 내기를 했고 이야기꾼이 또 졌다.

"자, 나를 가지시오. 그런데 나를 어떻게 할 작정이죠"

"곧 알게 될 거요."

늙은 거지가 주머니에서 기다란 끈과 지팡이를 꺼냈다. 그리고 이야기꾼에게 말했다.

"사슴, 여우, 산토끼 가운데 어떤 짐승이 되고 싶죠? 지금 당장 하나를 선택하시오."

결국에 이야기꾼은 산토끼가 되기로 선택했다. 늙은 거지가 이야기꾼의 목을 끈으로 매고 지팡이로 치자 귀가 기다란 산토끼가 풀밭에서 깡충깡충 뛰어다녔다.

155

그러나 산토끼가 그리 오래 거기서 뛰어 놀지는 못했다. 그의 아내가 사냥개들을 불러서 달려들게 만든 것이다. 산토끼는 달아나고 사냥개들은 그 뒤를 추격했다. 정원은 높다란 담으로 둘러싸여 있어서 산토끼가 아무리 달려도 밖으로 나갈 수가 없었다. 거지와 그의 아내는 산토끼가 몸을 비틀고 꼬는 꼴을 바라보면서 배를 잡고 웃었다.

산토끼가 그의 아내에게 달아나 보호해 주기를 바랐지만 허사였다. 그녀는 산토끼를 발로 차서 다시 사냥개들 쪽으로 내쫓았다. 드디어 거지가 사냥개들을 막았고 지팡이를 휘둘렀다. 그러자 숨이 거의 넘어가게 생긴 이야기꾼이 다시 나타났다. 거지가 물었다.

"재미있는 게임이었지요?"

아내를 쳐다보면서 이야기꾼이 대꾸했다.

"구경꾼들에게는 재미있는 게임일지 몰라도 내게는 지면 끝장인 투쟁이었소. 실례지만 당신은 누구요? 어디서 왔지요? 나같은 늙은이를 괴롭히면서 즐기는 이유가 뭐요?"

"아! 난 그저 아무짝에도 쓸모가 없는 이상한 족속이지요. 어떤 때는 가난하고 어떤 때는 부자이지요. 나에 대해서 그리고 나의 습관에 관해서 알고 싶다면 따라오세요. 알고 싶은 것을 모두 알게 될지도 모르니까."

이야기꾼이 한숨을 내쉬면서 대꾸했다.

"난 내 마음대로 어딜 가거나 마음대로 여기 머물 수가 없는 몸이지요."

이상한 그 거지가 한 손을 지갑에 넣더니 이야기꾼과 아내 앞에서 잘 생긴 중년사내의 그림을 꺼내더니 그에게 이렇게 말했다.

"내가 너를 지갑에 잡아넣은 뒤 네가 보고들은 모든 내용에 걸고 말한다. 이 여인과 마차와 말들을 네가 맡아라. 그리고 내가 원할 때 언제든지 사용할 수 있도록 준비해 둬라."

그 말이 끝나기가 무섭게 모든 것이 사라졌다. 그리고 이야기꾼은 레드 휴 오도넬의 성 근처에 있는 폭시즈 포드에 놓였다. 그는 모든 것을 볼 수 있었지만 아무도 그를 보지 못했다. 뚱뚱한 체구에 기분이 몹시 불쾌한 오더넬이 넓은 자기 방에 들어앉아 있는데 그가 문지기에게 말했다.

"밖에 누가 왔는지 나가 봐라."

바깥으로 나간 문지기는 매우 야위고 창백한 거지를 발견했다. 허리에 찬 칼은 칼집이 절반 떨어져나갔고 구두는 구멍이 뚫려서 흙탕물이 흘러나왔으며 두 귀는 낡은 모자 위로 솟아났고 누더기 옷 사이로 두 어깨의 맨살이 드러났다. 그리고 손에는 초록색의 호랑가시나무 지팡이를 들고 있었다. 홀쭉하고 창백한 거지가 말했다.

"오도넬, 잘 있었어요?"

"당신도 잘 지냈겠지. 어디서 오는 길인가? 그리고 무슨 재주가 있지?"

"난 저 멀리 땅의 끝, 흰 백조들이 미끄러지듯이 헤엄치는 호수에서 왔지요. 하룻밤은 이슬레이에서 하룻밤은 맨 섬에서 그리고 또 하룻밤은 싸늘한 산비탈에서 지냈지요."

"여행을 대단히 많이 했군. 그 동안 뭘 좀 배웠을 텐데."

"난 요술쟁이지요. 은화 다섯 개만 주면 묘기를 보여드리지요."

"좋아. 은화 다섯 개를 주겠어."

홀쭉하고 창백한 거지가 작은 밀짚 세 개를 꺼내서 자기 손바닥 위에 놓았다.

"난 가운데 것만 남기고 나머지 두 개를 입김으로 불어서 날려보내겠어요."

거기에 모인 사람들이 소리쳤다.

"그렇게 할 수 없을 거야."

그러나 거지는 바깥쪽의 밀짚 두 개를 손가락으로 누른 채 입김을 훅 불어서 가운데 것을 날려보냈다.

"멋진 속임수로군."

오도넬이 은화 다섯 개를 주었다. 한 소년이 말했다.

"은화 두 개만 받고도 난 똑같이 할 수 있어요."

"오도넬, 저 아이에게 시켜보세요."

소년이 밀짚 세 개를 손바닥에 놓은 뒤 두 개를 손가락으로 짚고 입김을 훅 불었다. 그러나 그의 손과 밀짚들이 날아가 버렸다. 오도넬이 말했다.

"나서기를 좋아하더니 꼴 좋다."

홀쭉하고 창백한 거지가 말했다.

"은화 여섯 개만 주면 다른 묘기를 보여주겠어요."

"은화 여섯 개를 주겠다."

"귀 두 개가 보이지요? 나는 한 귀는 움직이고 한 귀는 가만히 놓아두겠어요."

"귀가 아주 크군. 그렇지만 하나는 움직이고 하나는 가만히 내버려두기란 불가능해."

거지가 손으로 한쪽 귀를 잡아당겨서 움직였다. 오도넬은 크게 웃으며 은화 여섯 개를 주었다. 성급한 소년이 나서며 말했다.

"저건 속임수지요. 누구나 할 수 있어요."

그렇게 말하고 나서 그가 손으로 귀를 한쪽 잡아당겼다. 그랬더니 그의 귀와 목이 떨어져 나가고 말았다. 오도넬이 말했다.

"나서기 좋아하더니 꼴 좋다."

홀쭉하고 창백한 거지가 말했다.

"오도넬, 지금까지 이상한 묘기를 보여주었지만, 은화 여섯 개를 주면 더 이상한 묘기를 보여주겠어요."

"좋아. 해봐."

거지가 겨드랑이에서 자루를 꺼내고 거기서 비단실 꾸러미를 꺼냈다. 그리고 실을 풀어서 맑고 푸른 하늘을 향해 던지자 실이 사다리로 변했다. 그는 산토끼를 계단에 놓은 뒤 위로 달려 올라가게 만들었다. 이어서 그가 빨간 귀를 가진 사냥개를 꺼내 사다리에 놓자 사냥개가 산토끼의 뒤를 쫓아갔다. 거지가 사방을 둘러보면서 말했다.

"누군가 저 사냥개의 뒤를 따라 올라갈 사람 없나요?"

한 소년이 나섰다.

"내가 올라가겠어요."

요술쟁이 거지가 말했다.

"올라가도 좋아. 그러나 내 산토끼가 잡아먹힌다면 난 네가 다시 내려왔을 때 네 목을 베어 버리겠어."

소년이 사다리를 타고 올라갔고 즉시 산토끼와 사냥개와 소년이 사라졌다. 위를 한참 쳐다보고 있던 거지가 말했다.

"사냥개가 산토끼를 잡아먹고 있는중인데 소년은 잠이나 자고 있어요."

그가 실을 다시 감자 깊이 잠든 소년이 따라서 내려왔다. 그 뒤에 귀가 빨간 사냥개가 나타났고 그의 입에는 산토끼의 마지막 살점이 물려 있었다. 거지가 칼날로 소년을 쳐서 목을 잘라 버렸다. 사냥개의 모가지도 날아가 버렸다.

오도넬이 말했다.

"사냥개와 소년이 내 궁전에서 살해되다니 유쾌한 일이 아니야. 화가 나는군."

"은화 다섯 개씩 두 배로 준다면 그들의 목을 다시 붙여 드리지요."

"좋다."

오도넬이 은화 열 개를 주자 소년과 사냥개가 목이 다시 붙어서 살아났다. 그들은 오랫동안 살았다. 그러나 사냥개는 산토끼를 다시는 손대지 않았고 소년은 항상 눈을 크게 뜨고 있었다. 그 묘기를 보여주고 나서 거지는 즉시 사라졌는데 하늘로 날아올라갔는지 땅 속으로 꺼졌는지는 아무도 몰랐다.

그는 앞 파도를 덮치는 뒷 파도처럼, 회오리바람의 뒤를 쫓는 다른 회오리바람처럼, 미친 듯이 불어오는 겨울바람처럼, 너무나도 빠르게, 멋지게, 유쾌하게, 자랑스럽게 움직였다. 그리고 쉬지 않고 움직여서 레인스터 왕국에 이르자 왕궁의 탑 꼭대기에 가볍게 뛰어내려 왕의 궁전으로 들어갔다. 레인스터 왕의 몸은 매우 뚱뚱하고 기분은 매우 불쾌했다. 이야기를 들을 시간이 되었고 그래서 사방에 사람들을 풀어보았지만 이야기꾼의 소식은 전혀 들어오지 않았던 것이다. 왕이 문지기에게 말했다.

"내 이야기꾼의 소식을 조금이라도 전해줄 수 있는 사람이 보이는지 바깥에 나가 봐라."

바깥으로 나간 문지기는 매우 야위고 창백한 거지를 발견했다. 허리에 찬 칼의 칼집은 절반이나 떨어져나갔고 구두는 구멍이 뚫려서 흙탕물이 흘러나왔으며 두 귀는 낡은 모자 위로 솟아났고 누더기 옷 사이로 두 어깨의 맨살이

드러났다. 손에는 줄이 세 개 달린 하프를 들고 있었다.

문지기가 물었다.

"무슨 일을 할 수 있지?"

"악기를 연주하지."

이어서 거지는 이야기꾼에게 말했다.

"겁내지 말아. 넌 모든 것을 보지만 아무도 널 못 보니까."

하프 연주가가 바깥에 도착했다는 말을 듣고 왕이 들여보내라고 말했다. 그리고 이렇게 말했다.

"여기 내 왕궁에는 아일랜드에서 하프를 제일 잘 연주하는 사람들이 전부 모여 있지."

왕이 연주하라고 손짓하자 그들이 연주했고 홀쭉하고 창백한 거지는 귀를 기울였다. 왕이 거지에게 물었다.

"저런 노랫소리를 들어본 적이 있는가?"

거지가 대꾸했다.

"폐하께서는 죽 그릇 앞에서 그르렁거리는 고양이 소리, 황혼에 풍뎅이들이 날아다니는 소리, 귀가 아플 정도로 쨰지는 목소리로 떠드는 노파의 목소리를 들어보셨습니까?"

"그런 건 자주 들었다."

"폐하의 하프 연주가들이 연주하는 가장 감미로운 선율보다도 그런 소리가 제 귀에는 더 아름답게 들리지요."

그 말을 들은 하프 연주자들이 일제히 칼을 빼서 거지에게 달려들었다. 그러나 거지를 내려치기는커녕 자기들끼리 싸워서 모두 머리가 깨져서 죽고 말았다. 그 광경을 보고 왕은 하프 연주가들이 음악을 포기하는 것으로 만족하지 않은 채 자기들끼리 죽이지 않을 수가 없다는 것을 깨달았다. 그래서 명령했다.

"이런 일이 벌어지도록 만든 저 놈의 목을 매달아라. 이야기를 듣는게 어렵다면 마음이라도 편하게 지내고 싶으니까."

왕궁의 경비군사들이 달려와서 홀쭉하고 창백한 거지를 잡아서 교수대로 끌고 갔다. 그리고 그의 목을 높이 매달아서 시체가 햇빛에 마르도록 내버려두었다.

그런 다음 왕궁으로 다시 돌아갔다. 그런데 그들은 넓은 홀에서 맥주를 마시면서 의자에 앉아있는 거지를 발견했다. 경비대장이 소리쳤다.

"아니, 이게웬 일인가? 방금 우린 당신을 처형하고 돌아오는 길인데 당신이 어떻게 여기 있지?"

"나 말인가?"

"당신 말고 누가 또 여기 있어?"

"교수대의 밧줄을 조이는 당신 손은 돼지 발목으로 변할 거요. 나를 교수형에 처했다고 왜 우기는 거야?"

그들이 교수대로 돌아가서 보니 거기에는 왕이 아끼는 왕의 동생이 매달려 있었다. 그래서 깊이 잠든 왕을 깨워서 사실대로 보고했다.

"우린 정처 없이 돌아다니는 저 방랑자를 목매달았는데 그가 여전히 다시 이곳에 돌아왔습니다."

"그럼 그놈을 다시 목매달아라."

말을 마친 왕이 잠이 들었다. 경비군사들은 왕의 지시대로 시행했다. 그러나 홀쭉하고 창백한 거지가 매달려야 마땅한 곳에 왕의 수석 하프연주자가 매달려 있었다. 경비대장은 도무지 영문을 알 수가 없었다. 홀쭉하고 창백한 거지가 경비대장에게 말했다.

"나를 세 번째로 목매달고 싶은가?"

"어디로 가든지 마음대로해. 그리고 아주 먼 곳으로 꺼져. 우린 이미 너무나 심하게 시달려 왔어."

"이제야 정신을 차렸군. 왕궁의 음악을 비난했다고 해서 나그네를 교수형에 처하는 짓을 이제 당신들이 포기했으니까 말야. 그러면 내가 한 가지 가르쳐 주겠다. 교수대로 가봐라. 그러면 네 친구들이 아무 일도 없었다는 듯이 풀밭에 앉아 있을 거야."

말을 마친 거지가 사라졌다. 그러자 이야기꾼은 거지와 처음 만났던 바로 그곳에 서 있었고 그의 아내는 여전히 말과 마차를 가지고 있었다. 홀쭉하고 창백한 거지가 이야기꾼에게 말했다.

"자, 이젠 당신을 더이상 괴롭히지 않겠소. 저기 당신 마차와 말과 돈과 아내가 있으니 마음대로 하시오."

이야기꾼이 대꾸했다.

"내 마차와 말과 사냥개들은 고맙게 받겠지만 내 아내와 돈은 당신이 가져가시오."

"그건 안 되지요. 난 아무것도 원하지 않으니까. 그리고 당신 아내에 대해서는 너무 화를 내지 말아요. 그녀는 어쩔 수가 없어서 그런 행동을 한 거니까."

"어쩔 수가 없었다니! 내 사냥개들의 아가리로 나를 발로 차서 몰아낸 것도 어쩔 수가 없는 일이었다 이거요? 나를 차버리고 늙어빠진 거지에게 달라붙은 것도 어쩔 수가 없는 일이었단 말입니까?"

"난 당신이 생각하는 것처럼 그렇게 늙어빠지지도 않았고 또 거지도 아니오. 난 브루프 부족의 마술사 앙구스요. 당신은 레인스터 왕을 지금까지 잘 모셔왔지요. 오늘 아침 난 마술의 힘으로 당신이 난처한 지경에 빠진 것을 알았지요. 그래서 당신을 구해주려고 결심한 거요. 당신 아내는 당신 몸을 산토끼로 변화시킨 바로 그 마술에 걸려서 마음이 변한 것뿐이지요. 그러니까 남편으로서 그녀를 마땅히

용서해 주어야 하는 겁니다. 자, 이제 당신은 왕이 부를 때 들려줄 이야기를 하나 얻게 되었지요."

말을 마친 마술사가 사라졌다.

이야기꾼은 왕의 마음에 딱 드는 이야기를 한 가지 얻었다. 그는 자기가 겪었던 일을 처음부터 끝까지 다 들려주었다. 하도 큰소리로 오랫동안 왕이 웃어대는 바람에 결국 왕은 잠이 들 수가 없었다. 그리고 자기가 살아있는 동안에는 새로운 이야기를 지어내려고 애쓸 필요가 없다고 말했다. 밤마다 왕은 홀쭉하고 창백한 거지의 이야기를 들으면서 허리를 잡고 웃고는 했던 것이다.

세상의 아름다움은 웃음이라는 칼날과 마음을 갈가리 찢는 고뇌라는 칼날이 있다. – V. 울프

인어
아가씨

옛날에 가난하고 늙은 어부가 살았는데 어느 해에는 내내 별로 고기를 잡지 못했다. 그러던 어느 날 그가 바다에서 고기를 잡고 있는데 처녀 인어가 물 속에서 솟아올라 그의 뱃전을 잡고 물었다.

"고기는 많이 잡았나요?"

"별로 잡은 게 없어."

"제가 고기를 많이 잡게 해준다면 그 대가로 무엇을 주겠어요?"

"난 가진 게 별로 없어."

"맏아들을 제게 주겠어요?"

"내게 아들이 생긴다면 주겠다."

"그러면 집으로 돌아가세요. 그리고 당신 아들이 스무

암사슴의 입에서 뿔사마귀가 나오고, 그 입에서는 숭어가 나오고
숭어의 알 속에는 인어 아가씨의 영혼이 들어있어요.

살이 되면 나를 기억해주세요."

모든 일이 처녀 인어가 말한 그대로 이루어졌다. 그래서
어부는 많은 고기를 잡았다. 그러나 20년이 찰 날이 가까
이 올수록 늙은 어부는 날로 더욱 슬픔에 잠기고 마음이
한층 무거워졌다. 그는 하루하루를 헤아리고 있었던 것이
다. 그는 밤이나 낮이나 불안에 떨었다. 어느 날 아들이 물
었다.

"걱정거리라도 있나요?"

"걱정거리가 있기는 하지만 너나 그 누구도 상관할 일
이 아니다."

"전 꼭 알아야겠어요."

드디어 늙은 어부는 처녀 인어의 이야기를 아들에게 해
주었다. 그러자 아들이 말했다.

"조금도 걱정하지 마세요. 전 아버지를 따라 바다에 나
가겠어요."

"안 된다, 안 돼. 내가 생선을 전혀 못 잡는 한이 있어도 넌 처녀 인어에게 가서는 안 돼."

"제가 아버지를 따라 바다에 나가는 것을 허락하지 않겠다면, 대장간에 가서 길고 튼튼한 칼을 하나 만들어달라고 해서 제게 주세요. 저는 행운을 잡으러 떠나겠어요."

늙은 어부가 대장간에 가서 단단한 칼을 만들어 가지고 집으로 돌아왔다. 아들이 그 칼을 쥐고 한두 번 휘두르자 칼이 여러 조각으로 부서지고 말았다. 그래서 두 배로 무거운 칼을 만들어 달라고 말했다.

어부가 먼저 것보다 두 배로 무겁고 단단한 칼을 만들어 가지고 왔는데 아들이 그 칼을 휘두르자 두 동강이 나고 말았다. 대장장이는 난생 처음으로 어마어마하게 크고 강한 칼을 만들어 주었다. 아들이 그 칼을 한두 번 휘두르고 난 다음 말했다.

"이 칼이면 되겠어요. 자, 이젠 모험하러 떠나겠어요."

다음 날 아침 아들은 아버지가 준 검은 말에 안장을 얹어서 타고 떠났다. 얼마쯤 가다가 그는 길가에서 양의 시체를 보았는데 커다란 검은 개와 독수리와 수달이 먹이를 차지하려고 서로 싸우고 있었다.

짐승들은 그에게 양고기를 공정하게 분배해 달라고 요청했다. 그래서 그는 말에서 내린 다음 양고기를 여섯 덩

어리로 갈라서 셋은 개에게, 둘은 수달에게, 그리고 하나
는 독수리에게 각각 나누어주었다.

개가 그를 도와주겠다고 말했다.

"빨리 달리는 다리와 날카로운 이빨이 필요할 때는 내
가 도움이 될 거예요."

수달이 말했다.

"난 물 속에서 헤엄을 잘 치니까 도움이 될 거예요."

독수리도 한 마디 던졌다.

"난 튼튼한 날개와 강한 발톱으로 도와줄 거예요."

계속해서 전진한 그는 왕궁에 도착해서 가축을 돌보는
일을 맡았는데 우유를 많이 짜면 보수를 많이 받기로 했
다. 그가 가축을 몰고 풀밭으로 나갔는데 풀이 별로 없었
다. 저녁에 돌아가서 우유를 짰지만 그리 많이 짜지는 못
했다. 그래서 그날 밤은 굶었다.

다음 날에는 더 멀리 가축을 몰고 갔더니 드디어 풀이 아
주 많은 계곡에 이르렀다. 그렇게 좋은 목장을 그는 평생
동안 본 적이 없었다. 저녁에 가축을 몰고 집으로 돌아가는
도중에 손에 칼을 든 거인을 만났다. 거인이 소리쳤다.

"하하하! 이 가축은 내 땅에서 풀을 뜯어먹었으니까 내
꺼야. 넌 이제 죽었다."

어부의 아들이 대꾸했다.

"그 따위 수작은 함부로 하는 게 아니지!"

그리고는 긴 칼을 뽑아 들고 거인에게 다가갔다. 거인의 목은 단 칼에 날아가 버렸다. 그는 검은 말을 타고 거인의 집으로 달려갔다. 거기에는 엄청나게 많은 보물이 있었고 금과 은으로 장식된 각종 옷도 있었다.

그 외에 진귀한 물건이 많았다. 그는 거인의 물건에 전혀 손을 대지 않은 채 그날 밤 집으로 돌아갔다. 우유를 짜니까 많은 우유를 얻었다. 그래서 고기와 빵과 음료수를 배불리 먹었고 왕은 우유를 많이 내는 가축에 대해서 몹시 기뻐했다. 얼마 동안은 그 계곡으로 가서 가축을 키웠는데 거기도 풀이 다 없어지고 말았다.

그래서 그는 거인의 계곡에서 더 멀리 가축을 몰고 갔다. 그랬더니 풀이 아주 무성한 목장이 나타났다. 얼마 지나지 않아서 무시무시하고 난폭한 거인이 화가 머리끝까지 치밀어서 달려오더니 고함쳤다.

"이놈아! 오늘밤에는 네 피를 마시고 목을 추겨야겠다!"

어부의 아들이 대꾸했다.

"그 따위 수작을 함부로 하는 게 아냐."

거인과 그는 무섭게 칼싸움을 벌였다. 거인이 거의 이기게 되었을 때 그가 개를 소리쳐 불렀다. 그러자 검은 개가 번개같이 달려와서 거인의 목을 물어뜯었다. 어부의 아들이 거인의 목을 잘랐다.

그날 밤 그는 매우 지쳐서 집으로 돌아갔다. 우유도 많이 얻었다. 우유를 많이 내는 가축에 대해서 모두 기뻐했다. 다음 날 그는 거인의 성으로 갔는데 입구에서 아첨하는 소리가 들렸다.

"어부의 아들이여, 모든 행운과 축복을 받으세요. 당신이 여기 오신 것은 이 나라의 영광입니다. 어서 오십시오."

"야, 이 쭈그렁 할망구야! 난 아첨 따위를 좋아하지 않아. 썩 비키지 못해?"

할망구가 돌아서서 달아나려고 할 때 그가 칼을 빼서 목을 잘라버렸다. 그러자 할망구가 두 손으로 자기 머리를 잡아서 다시 제 자리에 붙여놓았다. 검은 개가 달려들자 할망구가 요술 지팡이로 개를 후려쳐서 개가 나가 떨어졌다.

어부의 아들이 그 요술 지팡이를 뺏어서 눈 깜짝할 사이에 할망구의 머리를 내려쳐서 죽였다. 안으로 들어간 그는 금과 은과 보석이 산더미처럼 쌓여 있는 것을 보았다. 그가 집으로 돌아가자 모두 기뻐했다.

한동안 그는 가축을 키우면서 편안하게 지냈다. 어느 날 밤 그가 집으로 돌아가자 모든 사람이 울고 있었다. 그래서 이유를 물었더니 젖 짜는 처녀가 대답했다.

"저 호수에 머리가 셋 달린 괴물이 살아요. 매년 사람을 한 명 괴물에게 바쳐야하는데 금년에 제비를 뽑으니 왕의 딸이 뽑혔어요. 내일 정오에 공주는 호수 북쪽 끝에서 괴물 라이들리에게 바쳐지게 되었어요. 그런데 공주와 결혼하기를 원하는 사람이 그녀를 구출하러 갈 거예요."

"그 사람은 누구지요?"

"아, 그건 위대한 장군이지요. 그가 괴물을 죽이면 공주와 결혼할 거예요. 누구든지 공주를 구출하면 그녀와 결혼할 수 있다고 왕이 말했거든요."

다음 날 공주와 장군이 호수 북쪽의 검은 바위로 갔다. 얼마 지나지 않아 괴물이 호수 한가운데서 솟아올랐는데 머리가 셋 달린 무시무시한 괴물을 보자 장군은 겁을 집어먹고 달아나서 몸을 숨겼다.

공주는 공포에 떨기만 했다. 그 때 갑자기 검은 말을 탄 멋진 청년이 나타났다. 그는 튼튼한 갑옷으로 무장했고 검은 개가 뒤에서 달려오고 있었다. 공주에게 그가 물었다.

"얼굴에 온통 근심 걱정이 서려 있군요?"

"무서워 죽겠어요. 난 곧 여기서 사라질 거예요."

"그럴 리는 없습니다."

"당신처럼 날 구하겠다고 왔던 장군이 달아나 버렸어요."

"용사라면 당당하게 싸워야 마땅하지요."

그가 검은 개를 거느린 채 칼을 빼어들고 괴물에게 달려 갔다. 사방에서 물이 튀어 올랐다. 개도 있는 힘을 다해 괴물을 물어뜯었다. 공주는 괴물이 내지르는 무서운 고함소리에 온 몸을 사시나무처럼 떨기만 했다.

드디어 그가 괴물의 머리를 하나 잘랐다. 괴물이 내지르는 비명소리에 호수 전체와 주변의 산들이 흔들렸다. 눈 깜짝할 사이에 괴물이 사라졌다. 공주가 그에게 말했다.

"승리를 축하해요. 오늘밤에는 내가 안전하겠지만 괴물은 머리 두 개가 없어질 때까지 또 여길 찾아올 거예요."

그가 괴물의 머리를 집어들고는 끈으로 묶어서 공주에게 주었다. 그리고 내일 그 머리를 가지고 다시 그 자리에 오라고 말했다. 공주가 그에게 금반지를 하나 주고 괴물의 머리를 어깨에 둘러맨 채 왕궁으로 떠났다. 그리고 그는 가축이 있는 곳으로 돌아갔다. 공주가 그리 멀리 가지 못했을 때 장군이 앞을 가로막고 말했다.

"괴물의 머리를 벤 것이 나였다고 말하지 않으면 널 죽여버리겠어."

"그렇게 말하겠어요. 당신이 아니면 그 누가 괴물의 머리를 베겠어요?"

장군이 괴물의 머리를 메고 공주와 함께 왕궁으로 돌아 갔다. 공주가 무사히 돌아왔고, 또 장군이 피투성이가 되어 괴물의 머리를 가지고 왔기 때문에 모두 기뻐했다. 장군이 공주를 구했다는 것을 아무도 의심하지 않았다.

다음 날 공주와 장군이 다시 그곳으로 갔다. 머지 않아 무시무시한 괴물 라이들리가 호수 한가운데서 솟아났다. 장군은 전날처럼 달아났다. 그러자 곧 검은 말을 탄 청년이 전날과 다른 갑옷을 입고 달려왔다. 공주가 그 청년을 알아보고 말했다.

"다시 와주셔서 반가워요. 전 당신이 어제처럼 긴 칼을 힘차게 휘둘러 줄 거라 믿어요. 자, 힘을 내세요."

괴물이 뜨거운 김을 뿜으면서 다가왔다. 그가 칼을 빼들고 달려가서 싸우다가 드디어 머리를 또 하나 베어서 그것을 공주에게 주었다. 공주는 그에게 귀걸이를 주었고 그는 검은 말을 타고 가축이 있는 곳으로 돌아갔다. 공주가 그리 멀리 가지 못했을 때 장군이 앞을 가로막고 말했다.

"괴물의 머리를 벤 것이 나였다고 말하지 않으면 널 죽여버리겠어."

"그렇게 말하겠어요. 당신이 아니면 그 누가 괴물의 머리를 베겠어요?"

장군이 괴물의 머리를 메고 공주와 함께 왕궁으로 돌아갔다. 공주가 무사히 돌아왔기 때문에 모두 기뻐했다. 다음 날 공주와 장군이 다시 그곳으로 갔다. 머지 않아 무시

무시한 괴물 라이들리가 호수 한가운데서 솟아났다. 장군
은 전날처럼 달아났다. 그러자 곧 검은 말을 탄 청년이 전
날과 다른 갑옷을 입고 달려왔다.

그리고 다시 괴물과 싸워서 세 번째 머리를 베어 공주
에게 주었다. 공주가 그에게 귀걸이를 주었다. 장군이 괴
물의 머리를 메고 공주와 함께 왕궁으로 돌아갔다. 공주가
무사히 돌아왔기 때문에 모두 기뻐했다. 장군은 다음 날
공주와 결혼하게 되었다.

결혼 준비가 다 되어서 이제 사제가 오면 결혼식을 거행
하게 되었다. 그 때 공주는 세 개의 머리를 묶은 끈을 칼로

끊지 않고 풀어낼 수 있는 사람하고 결혼하겠다고 말했다. 왕이 대꾸했다.

"저 끈은 묶은 사람만이 풀 수가 있겠지."

장군이 나서서 끈을 풀어보려고 했지만 아무리 애를 써도 풀지 못했다. 왕궁에 있던 사람들이 모두 나서서 풀어보려고 했지만 헛수고였다. 왕이 끈에 손을 대지 않은 사람이 더 없느냐고 물었다.

가축을 기르는 청년이 아직 끈에 손을 대지 않았다고 사람들이 대답했다. 그래서 가축을 치는 어부의 아들이 왕 앞에 불려갔다. 공주가 그에게 말했다.

"헛수고하지 말아요. 괴물의 머리를 벤 사람은 내 금반지와 금귀걸이를 가지고 있거든요."

청년이 주머니에서 그 물건들을 꺼내 테이블 위에 올려 놓았다. 공주가 말했다.

"당신이 바로 괴물을 처치한 분이로군요."

왕은 가축을 치는 청년이 자기 딸과 결혼한다는 데 대해 별로 유쾌하게 여기지 않았다. 그가 입고 있는 옷이 너무나도 초라했기 때문이다.

그러나 청년은 왕궁에 있는 그 누구보다도 더 멋진 옷을 입고 나타났다. 거인이 가지고 있던 금실로 짠 옷을 입고 온 것이다. 그래서 그는 공주와 결혼해서 행복하게 살았다.

그런데 어부가 처녀 인어에게 아들을 주기로 약속한 날 사건이 벌어졌다. 마침 그 날 그가 바닷가를 거닐고 있었는데 처녀 인어가 다가와서 그를 잡아가 버렸던 것이다. 공주는 한없이 눈물을 흘리면서 날마다 바다만 바라보고 있었다.

어느 날 공주가 늙은 점쟁이를 만나서 어떻게 하면 남편을 구출할 수 있는지 물었다. 점쟁이가 한 가지 좋은 방법을 가르쳐 주었다.

그래서 공주가 하프를 들고 바닷가로 나가서 연주했다. 원래 인어들은 악기를 연주하는 소리를 그 누구보다도 더 좋아했다. 처녀 인어가 하프 소리를 듣기 위해서 나타나자 공주가 연주를 멈추었다. 처녀 인어가 "계속해서 연주해요!"라고 소리쳤지만 공주는 "내 남편을 보기 전에는 다시 연주할 수 없어요."라고 대답했다.

그러자 처녀 인어가 청년의 머리를 파도 위로 밀어 올렸다. 공주가 다시 하프를 타다가 그쳤다. 처녀 인어가 청년의 허리까지 파도 위로 밀어 올렸다. 공주는 다시 연주를 멈췄다.

처녀 인어가 이번에는 청년의 몸을 전부 파도 위로 밀어냈다. 그 때 그가 독수리를 소리쳐 불렀다. 독수리가 즉시 날아와서 그를 육지로 데려갔다. 그러나 처녀 인어는 공주를 잡아갔다.

그날 밤 모든 사람이 슬픔에 잠겼다. 청년은 깊은 슬픔에 잠겨서 밤이나 낮이나 바닷가를 서성거리기만 했다. 늙은 점쟁이가 와서 처녀 인어를 죽일 수 있는 방법이 딱 한 가지라고 하면서 그것을 가르쳐 주었다.

"저 바다 한가운데 섬이 있고 거기 다리가 몹시 가늘고 발끝이 흰 암사슴이 사는데 세상에서 가장 빨리 달리지요. 그 놈을 잡으면 입에서 뿔 까마귀가 나오지요. 그리고 뿔 까마귀를 잡으면 그 입에서는 숭어가 나오는데 숭어의 입에는 알이 들어 있어요. 그 알 속에 처녀 인어의 영혼이 들어

있어서 그 알을 깨어버리면 처녀 인어가 죽지요."

그러나 그 섬에 갈 방법이 없었다. 왜냐하면 섬으로 가는 배를 처녀 인어가 모조리 가라앉게 만들기 때문이다. 그래서 그는 검은 말을 타고 펄쩍 뛰어서 파도를 넘어 섬에 도착하려고 생각했다.

검은 말이 정말 아주 멀리 뛰어서 그를 섬에 데려다 주었다. 암사슴을 발견했지만 좀처럼 잡히지 않았다. 그가 외쳤다.

"아, 양고기를 먹은 검은 개가 있다면 얼마나 좋을까!"

그 말이 떨어지기가 무섭게 검은 개가 나타나 사슴을 추격했다. 얼마 지나지 않아서 그들은 사슴을 잡았다. 그러자 즉시 뿔 까마귀가 하늘 높이 날아올랐다.

"눈이 제일 밝고 또 제일 빨리 날아다니는 독수리가 여기 있다면 얼마나 좋을까!"

그 말이 떨어지기가 무섭게 독수리가 나타나서 뿔 까마귀를 추격했다. 뿔 까마귀가 곧 바닷가에 떨어졌다. 이번에는 숭어가 튀어나왔다.

"수달이 여기 있으면 얼마나 좋을까!"

그러자 수달이 나타나서 바다 속으로 들어가 숭어를 잡아 가지고 왔다. 숭어의 입에서 알이 튀어나왔다. 그가 달려들어 알을 발로 밟았다. 그 때 처녀 인어가 소리쳤다.

"그 알을 제발 깨지 말아요. 당신이 원하는 것은 뭐든지 드리겠어요."

"내 아내를 돌려줘!"

눈깜짝할 사이에 공주가 그의 곁에 서 있게 되었다. 공주의 손을 잡자마자 그는 알을 밟아서 깨어버렸다. 처녀 인어가 그 자리에서 죽었다.

사람은 소유하지 않고 내버려둘 수 있는 것이 많을수록 그만큼 더 부유해진다. – H.D. 소란

거인 쿠쿨린 때려잡기

어른이든 아이든 아일랜드에 사는 사람 치고 위대하고 영광스러운 핀 매콜 즉 아일랜드의 헤라클레스에 관해서 들어본 적이 없는 사람이 어디 있는가?

옛날에 핀이 사람들을 거느리고 아일랜드와 스코틀랜드 사이에 다리를 놓기 위해 거대한 둑을 쌓고 있었다.

그러던 어느 날 아내 우나크를 몹시 사랑하는 핀이 자기가 없는 동안 가련한 아내가 어떻게 지내고 있는지 궁금해서 집에 가보겠다는 생각을 했다. 그래서 전나무를 한 그루 뽑아내서 뿌리와 가지들을 쳐버리고 그것으로 지팡이를 만든 다음 우나크를 만나러 길을 떠났다.

핀의 집은 노크메니 산의 꼭대기에 있었다. 그리고 그 산 맞은 편에는 쿨라모어 산이 우뚝 솟아 있었다. 그 때 아일랜드 사람이라고도 하고 스코틀랜드 사람이라고도 하

그 놈이 화가 나서 발을 구르면 온 마을이 흔들리고
그 놈은 번개를 손에 잡아서 보여준다니까요.

는 거인 쿠쿨린이 거기 살았다. 그는 힘이 하도 세어서 어떠한 거인도 그를 이기지 못했다. 그가 발을 구르면 주위의 산과 들이 몹시 흔들릴 지경이었다.

그의 명성이 멀리 퍼져서 평범한 사람은 감히 그와 맞서서 싸울 생각도 못했다. 그는 번개마저도 한 주먹에 때려눕혀서 자기 호주머니에 넣었다. 그리고 납작해진 번개를 자기와 맞서려는 적에게 내보이고는 했다.

하여간 그는 핀 매콜을 제외하고는 아일랜드의 거인들을 모조리 때려눕혔다. 그래서 매콜을 만나서 때려눕히기 전에는 절대로 만족하지 않겠다고 맹세했다. 사람들은 핀이 바람이 몹시 세게 부는 산꼭대기에 집을 짓고 사는 이유가 무엇인지 궁금하게 여겼다.

"매콜! 산꼭대기에는 언제나 찬 바람만 쌩쌩 불고 또 물도 없는데 왜 거기서 사는 거요?"

핀 매콜은 이렇게 대답했다.

"노크메니 산 꼭대기에서는 사방이 훤히 보이기 때문에 난 여기가 좋지요. 그리고 난 펌프를 박아서 물을 끌어 올

185

릴 거요. 둑 공사가 끝나면 펌프 일도 마칠 겁니다."

그러나 진짜 이유는 거기서 감시하면서 거인 쿠쿨린이 가까이 다가오는 것을 먼저 알아보려는 것이었다. 자기 집에 도착한 핀은 안으로 들어서면서 유쾌하게 말했다.

"모두 편안하기를 빈다!"

그의 아내 우나크가 소리쳤다.

"아니, 당신이 왔군요. 어서 오세요."

둘이 요란한 소리가 나도록 키스했다. 그 바람에 계곡 저 아래의 호수 물결이 몹시 출렁거렸다. 핀은 아내와 함께 이삼일을 행복하게 지냈다. 그러다가 쿠쿨린과 대결할 일이 걱정이 되었다. 그 걱정은 날로 깊어만 갔다. 아내가 무슨 일인지 캐어묻는 통에 이렇게 대꾸했다.

"쿠쿨린 때문에 걱정이야. 그놈이 화가 나서 발을 구르면 온 마을이 흔들려. 놈은 또 번개마저도 손으로 잡는다고 소문이 자자해. 납작해진 번개를 꺼내서 보여주니까."

그렇게 말하고 나서 그가 엄지손가락을 입에 물었다. 그는 미래의 일을 예언하거나 자기가 없는 동안에 일어난 일을 알고 싶어할 때는 엄지손가락을 입에 무는 버릇이 있었던 것이다. 아내 우나크가 이번에는 왜 엄지손가락을 입에 무느냐고 물었다.

"그놈이 다가오고 있어. 둔가논까지 왔거든."

186

"그놈이 누구예요?"

"누군 누구야? 쿠쿨린이지. 난 어떻게 해야 좋을 지 모르겠어. 달아난다면 내게 수치가 되겠지. 내 엄지손가락이 가르쳐 주는 걸 보면 곧 그놈을 내가 만나지 않을 수가 없게 되어 있지."

"그가 언제 여기 오는데요?"

핀 매콜이 신음하듯이 대꾸했다.

"내일 오후 두시경에 와."

"여보, 너무 걱정 말아요. 내가 도와주겠어요. 당신 엄지손가락보다는 내가 더 크게 도움이 될 거예요."

그녀가 산꼭대기에서 불을 피워 어마어마하게 많은 연기가 치솟게 만들었다. 그리고 손가락을 입에 물고는 세 번 휘파람을 불었다. 쿠쿨린은 자기가 쿨라모어에 초대받았다는 것을 알았다.

옛날부터 아일랜드에서는 여행하는 사람들이나 다른 지방 사람들을 그런 식으로 초대해서 대접하는 풍습이 있었기 때문이다.

한편 핀 매콜은 기분이 우울했다. 무엇을 어떻게 해야 좋을지 전혀 몰랐기 때문이다. 그리고 쿠쿨린은 무서운 적이었다. 핀 매콜이 아무리 용감하고 기운이 세다 해도 넓은 지역이 흔들리도록 발을 쿵쾅거리고 번개를 납작하게

만드는 쿠쿨린과 싸워서 이길 가능성은 거의 없는 듯이 보였다.

"우나크, 당신은 뭐 좀 좋은 수가 없어?"

"나한테 맡겨달라고 했잖아요!"

전에도 그녀가 어려운 처지에서 여러 번 그를 구출해 준 적이 있어서 그는 아내를 매우 신뢰했다. 그래서 이번에도 안심하게 되었다.

이윽고 우나크가 색깔이 각각 다른 양털실 아홉 가닥을 꺼내서 세 가닥씩 모아 꼬아서 굵게 세 가닥을 만들었다.

그리고 하나는 자기 오른팔에 감고 다른 하나는 가슴에 두르고 나머지는 오른쪽 발목에 감았다. 그렇게 하면 무슨 일이든 그녀는 성공한다고 믿었다.

그런 다음 그녀는 이웃집을 돌아다니면서 빵 굽는 쇠판을 스물한 개를 빌려와서 스물한 개의 밀가루 반죽 속에 각각 넣고 평소와 같이 커다란 빵으로 구워냈다. 그리고 찬장에 진열했다. 또한 커다란 항아리에 새로 우유를 채워 넣은 뒤 딱딱하게 굳혔다.

핀 매콜의 엄지손가락은 매우 이상한 힘을 가지고 있었는데 그와 마찬가지로 쿠쿨린도 오른손 중지에 그의 모든 힘이 들어있어서 그 손가락을 잃으면 그는 맥을 못 추게 되는 것이었다.

드디어 다음 날 쿠쿨린이 계곡을 건너오기 시작했다. 우나크는 일을 시작해야 될 때가 왔다고 생각했다. 그래서 즉시 아기 침대를 가져다가 핀 매콜을 거기 눕히고 옷으로 덮어주었다.

"당신은 어린애인 척 하세요. 편안하게 거기 누워서 아무 말도 하지 말고 다만 내가 시키는 대로 하세요."

오후 두시경에 쿠쿨린이 안으로 들어왔다.

"여기가 핀 매콜이 사는 곳이지요?"

"그래요. 자리에 앉으세요."

"고마워요, 부인. 그런데 당신은 매콜 부인인가요?"

"그래요. 난 우리 남편이 자랑스러워요."

"그야 당신 남편이 아일랜드에서 가장 힘이 세고 또 가장 용감하니까 자랑스럽게 여기는 게 당연하겠지요. 그렇지만 내가 혼을 내줄 거요. 그는 집에 있지요?"

"아뇨. 그는 화가 잔뜩 나서 집을 나가버렸어요. 쿠쿨린이라는 거인이 자기를 만나러 거대한 둑을 쌓는 곳으로 갔다는 말을 듣고 그 거인을 잡으러 둑으로 갔어요.

저는 그가 가련한 그 거인을 만나지 않게 되기를 바라고 있어요. 만나기만 하면 그가 거인을 가루로 만들어 버릴 테니까요."

"내가 바로 쿠쿨린이다 이거요. 지난 열두 달 동안 난 그놈을 찾아다녔지만 놈은 항상 피하기만 했지요. 그놈을 내 손으로 잡아 족치기 전에 나는 밤이나 낮이나 편안하게 쉬지 못해요."

그 말에 우나크는 거인을 경멸하는 듯이 큰소리로 웃었다. 그리고 즉시 태도를 바꾸어서 물었다.

"당신은 핀 매콜을 본 적이 있어요?"

"언제나 피해 다니는 놈을 어떻게 내가 보았겠어요?"

"그럴 테지요. 그를 만나지 않게 해 달라고 밤낮으로 기도하세요. 그를 만나는 날 당신은 끝장이니까요. 하여간 핀 매콜은 집에 올 때마다 이 집을 한 바퀴 돌려놓고는 해요. 그러니까 그가 지금 여기 없을 때 당신도 이 집을 한바퀴 돌려놓아 보세요."

쿠쿨린은 그 말에 깜짝 놀랐다. 그러나 오른손 가운데 손가락을 세 번 뚝뚝 소리가 나도록 잡아당긴 다음에 밖으로 나가서 집을 두 팔로 끌어안고는 한 바퀴 돌려놓았다. 그것을 본 핀 매콜은 겁에 질려서 온몸에서 식은땀을 흘렸다. 그러나 꾀가 많은 우나크는 조금도 놀라는 기색을 보이지 않았다.

"당신은 정말 친절한 분이군요. 한 가지만 더 인심을 써주세요. 요즘 오랫동안 비가 안 와서 여긴 먹을 물이 떨어졌어요. 저 산아래 쪽에 있는 큰 바위 밑에 아주 좋은 우물이 있다면서 핀 매콜은 그 바위를 산산조각으로 만들겠다고 말했어요. 그러나 당신이 자기를 찾으러 둑으로 갔다는 말을 듣고는 화가 머리끝까지 나서 바위를 쪼개는 걸 잊어버렸어요. 당신이 그 바위를 쪼개준다면 고맙겠어요."

그녀가 쿠쿨린을 단단하고 커다란 바위가 있는 곳으로 안내했다. 쿠쿨린이 한참 동안 그 바위를 노려보다가 가운데 손가락으로 아홉 번 바위를 찌른 다음 달려들어서 길이 4백미터, 깊이 1백 20미터 가량이 되는 틈새를 만들었다. 그 후 이 틈새는 럼포드의 골짜기라고 불리고 있다.

"자, 이젠 집에 들어가서 변변치 못한 것이지만 음식을 좀 드세요. 핀 매콜과 당신이 원수 사이긴 해도 핀 매콜을 자기 집에서 당신을 친절하게 대접하기를 원했어요. 그가 집에 없는 동안 내가 당신을 잘 대접하지 않는다면 그는 내게 화를 낼 거예요."

그녀는 쿠쿨린을 안으로 안내한 뒤 미리 구워둔 빵 여섯 덩어리, 버터 한두 덩어리, 삶은 돼지고기, 그리고 산더미 같은 양배추를 늘어놓고 맛있게 먹으라고 권했다.

그 당시에는 감자가 아직 없었기 때문에 감자를 내놓지 못했다. 쿠쿨린이 빵 한 덩어리를 입에 넣고 힘주어 씹었는데 즉시 천둥소리와 같은 비명을 내질렀다.

"빌어먹을! 내 이빨이 두 개나 빠지다니 이게 웬일이야? 당신은 도대체 무슨 빵을 준거요?"

우나크가 냉정하게 대꾸했다.

"무슨 빵이든 무슨 상관이 있어요?"

"상관이 없다고? 튼튼한 내 이빨 두 개가 빠졌잖아!"

"그건 핀 매콜이 평소에 먹는 빵이지요. 아니, 미리 말해주지 않았지만, 이 빵은 핀 매콜과 저기 아기 침대에 누워 있는 아기 이외에는 아무도 씹어먹을 수가 없는 거예요. 당신은 대단한 힘을 가진 거인이라고 소문이 나있으니까 난 이 빵을 먹을 수 있을 거라고 생각했지요. 핀 매콜과 맞붙겠다는 사람을 전 모욕할 의도가 없거든요. 자, 이 빵은 덜 단단할지도 몰라요."

쿠쿨린은 그 때 배가 하도 고파서 아무거나 닥치는 대로 먹어치우고 싶었기 때문에 두 번째 빵을 입에 처넣고 있는 힘을 다 해 씹었다. 즉시 먼저 번보다 두 배나 큰 소리로 비명을 질렀다.

"아이고! 내 이빨이 또 두 개나 빠지다니! 이 빵을 치워요. 내 이빨이 모조리 빠지고 말겠어요."

"아니, 당신이 빵을 씹어먹을 수가 없다면 조용조용히 말해요. 저 어린애가 잠에서 깨겠어요. 저거 봐요."

핀 매콜이 천둥소리 같은 목소리로 외쳤다. 쿠쿨린은 어린애가 큰소리로 말하는 것을 듣고는 소스라치게 놀랐다.

"엄마! 나 배고파. 먹을 것 좀 줘."

우나크가 핀 매콜에게 다가가서 쇠판이 들어있지 않은 커다란 빵을 한 덩어리 주었다. 그 때 식욕이 평소보다 한층 더 왕성해진 핀 매콜은 빵을 우적우적 씹어서 꿀꺽 삼켜 버렸다. 어안이 벙벙해진 쿠쿨린은 핀 매콜을 만나지 못한 것을 대단한 행운이라고 생각하면서 중얼거렸다.

"핀 매콜의 아들이 저렇게 빵을 먹는 것을 보았으니 핀 매콜은 정말 무시무시한 놈일 거야."

그리고 우나크에게 말했다.

"저 애가 정말 빵을 먹는지 내 눈으로 확인해야겠어요."

우나크가 아기 침대를 향해 말했다.

"얘야, 네 아버지 핀 매콜의 체면이 상하지 않도록 일어나서 이분에게 증거를 보여줘라."

어린 소년처럼 보이도록 옷을 입은 핀 매콜이 아기 침대에서 일어나 나온 뒤에 거인에게 물었다.

"당신은 힘이 세요?"

거인이 놀라서 소리쳤다.

"아니, 이렇게 작은 꼬마가 천둥소리를 내다니!"

핀 매콜이 흰 돌을 거인의 손에 쥐어주면서 물었다.

"당신은 힘이 세요? 이 돌을 쥐어짜서 물이 나오게 할 수 있어요?"

쿠쿨린이 돌을 아무리 쥐어짜도 돌에서 물이 나오지 않았다. 핀 매콜이 코웃음을 쳤다.

"흥! 거인도 별 수가 없군요! 그 돌 이리 내놔요. 핀 매콜의 어린 아들이 솜씨를 보여줄 테니 그걸 보고 핀 매콜이 얼마나 힘이 센지 판단하세요."

핀 매콜이 돌을 받아들면서 그것을 우유를 굳혀두었던 덩어리와 슬쩍 바꿔치기한 다음 쥐어짰다. 그러자 물이 줄줄 흘렀다.

"난 이제 침대에 다시 누워야겠어요. 우리 아버지의 빵도 먹지 못하고 돌을 쥐어짜서 물을 나오게도 못하는 사람을 상대로 해서 시간을 낭비하고 싶지 않거든요. 우리 아버지가 오기 전에 당신은 이 집에서 꺼지는 게 좋을 거예요. 아버지가 당신을 만나게 되면 당신은 2분 이내에 끝장이에요."

어린 소년의 행동을 직접 보았기 때문에 쿠쿨린도 같은 생각이었다. 핀 매콜이 돌아올까 겁이 나서 그의 두 무릎이 딱딱 소리를 내며 부딪치고 있었다. 그래서 서둘러 우나크에게 작별인사를 하고는 앞으로 두 번 다시 핀 매콜에 관한 이야기를 듣고 싶지도 않고 그와 만나는 것은 더욱더 원하지 않다고 다짐했다.

"내가 아무리 힘이 세다 해도 핀 매콜의 상대는 되지 못해요. 내가 그를 전염병처럼 피할 거라고 말해 주세요. 그리고 이 지방에 다시는 얼씬도 하지 않겠다고."

한편 핀 매콜은 침대에 누워서 싱글벙글 웃고 있었다. 쿠쿨린이 속임수를 깨닫지 못한 채 얌전하게 물러가는 것이 너무나도 기뻤던 것이다. 우나크가 거인에게 대꾸했다.

"핀 매콜이 없는 것이 당신에게 다행이지요. 그가 여기 있었다면 당신을 죽여서 독수리 밥으로 주었을 거예요."

"그건 나도 알아요. 그런데 내가 떠나기 전에 한 가지 알아보고 싶은 게 있어요. 쇠판이 든 빵조차 우적우적 씹어서 먹는 저 아이의 이빨이 어떤 것인지 만져보고 싶거든요."

"좋을 대로 하세요. 다만 저 애 이빨은 입 속 깊숙이 나 있기 때문에 당신은 손가락을 아주 깊이 넣어야만 해요."

쿠쿨린은 어린애의 이빨이 그토록 단단하고 강한 데 대해 크게 놀랐다. 게다가 자기의 모든 힘이 들어있는 가운데 손가락이 핀 매콜의 입 속에서 사라진 것을 보고는 더욱 놀랐다. 그는 엄청나게 큰소리로 신음하면서 즉시 땅바닥에 쓰러졌다. 공포에 질리고 기운이 하나도 없는 상태가 된 것이다. 바로 그것이 핀 매콜이 원하던 것이었다.

가장 강력하고 가장 무시무시한 원수가 이제는 그의 손아귀에 들어온 것이다. 침대에서 튀어나온 핀 매콜은 오랫동안 자기 자신과 수많은 사람들을 공포에 떨게 만들었던 쿠쿨린을 간단히 때려죽였다. 핀 매콜이 힘으로는 도저히 거인 쿠쿨린을 처치할 수가 없었지만 아내의 꾀를 이용해서 드디어 해치운 것이다.

경험으로 얻은 지혜는 그 대가가 비싸다. – R. 에스컴

빨간 구두 한 짝을
잃은 공주

휴 쿠루차 왕이 티르 코널에 살았는데 그의 세 공주는 이름이 각각 페어(미녀), 브라운(갈색), 그리고 트렘블링(떨리는 것)이었다. 페어와 브라운은 일요일마다 새 옷을 입고 교회에 갔다. 트렘블링은 집에 남아서 요리를 비롯한 집안일을 했다.

위의 두 공주는 트렘블링이 자기들보다 더 아름다웠고 그래서 그녀가 자기들보다 먼저 결혼할까 두려워했기 때문에 그녀를 절대로 외출시키지 않았다. 그후 7년이 지났을 때 에마니아 왕국의 왕자가 첫째 공주 페어를 사랑하게 되었다.

어느 일요일 아침, 두 공주가 교회에 간 뒤 닭을 치는 노파가 트렘블링에게 와서 말했다.

"넌 오늘만은 집에서 일하지 말고 교회에 가야해."

트렘블링이 노파에게 말했다.

"내가 어떻게 가요? 교회에 입고 갈 좋은 옷이 없거든 요. 언니들이 교회에 간 저를 본다면 죽여버릴 거예요."

"네 언니들이 입은 옷보다 더 좋은 옷을 내가 주겠어. 어떤 옷을 원하니?"

"눈처럼 흰 옷을 주세요. 그리고 내 발에 꼭 맞는 초록 색 구두도 주고요."

노파가 검은 옷을 입은 다음, 헌 옷 구석을 잘라서 손에 쥔 채 세상에서 가장 아름다운 흰 옷과 초록색 구두를 달 라고 주문했다. 그 순간 흰 옷과 구두가 노파의 손에 쥐어 졌다. 노파가 그것을 트렘블링에게 주었다. 공주가 옷을 갈아입고 구두를 신고 나자, 노파가 이렇게 말했다.

"난 꿀새 한 마리를 네 오른쪽 어깨에, 꿀 손가락 한 개 를 왼쪽 어깨에 놓아주겠어. 문 앞에 네가 타고 갈 흰 말이 있는데 그 말에는 금 안장을 얹고 금 고삐가 달려 있어."

트렘블링 공주가 금 안장에 앉아서 출발하려고 할 때 노 파가 말했다.

"넌 교회 안으로 들어가서는 안 돼. 그리고 미사가 끝나 서 사람들이 자리에서 일어날 때 너는 말을 타고 재빨리 집으로 돌아와야 한다."

트렘블링이 교회 문 앞에 이르자 안에 있던 사람들은 그

네가 타고 갈 흰말은 금 안장에 금 고삐가 달려 있어.

녀를 쳐다보고는 모두 누구인지 알고 싶어 안달을 했다. 미사가 끝나고 그녀가 떠나는 것을 본 그들이 뒤쫓아갔지만 아무도 그녀를 따라잡지 못했다. 그녀가 바람보다 더 빠르게 말을 몰고 달렸기 때문이다.

그녀가 방으로 들어가자 노파가 이미 저녁식사를 준비해 놓고 있었다. 그녀는 눈 깜짝할 사이에 흰 옷을 벗어버리고 헌옷으로 갈아입었다. 첫째 공주와 둘째 공주가 돌아오자 노파가 물었다.

"교회에서 새로운 이야깃거리라도 있었니?"

"엄청난 소식이 있어요. 우린 오늘 교회 문밖에 있던 놀라운 귀부인을 보았거든요. 그 부인의 옷처럼, 그렇게 멋진 옷을 우린 여태껏 본 적이 없어요. 그녀의 옷에 비하면 우리 옷은 아무것도 아니지요. 왕에서 거지에 이르기까지 교회 안에 있던 남자들은 모두 그녀를 쳐다보고 누구인지 알고 싶어했어요."

두 공주는 이상한 귀부인의 옷과 같은 옷을 자기들도 입게 되지 않으면 절대로 만족하지 않겠다고 말했다. 그러나 그런 옷은 발견되지 않았다.

　다음 일요일에 두 공주가 교회로 갔고 트렘블링은 집에
남겨두어 식사 준비를 시켰다. 그들이 떠난 뒤에 노파가
와서 그녀에게 물었다.

　"오늘도 교회에 가고 싶니?"

　"그럼요."

　"무슨 옷을 원하니?"

　"세상에서 가장 좋은 검은 비단옷을 주세요. 구두는 빨
간 구두를 주세요."

　"말의 털은 무슨 색으로 할까?"

　"검은 말을 주세요. 털이 하도 반질반질해서 내 얼굴조
차 거기 비치는 그런 검은 말을 주세요."

　노파가 검은 옷을 입고 나서 그런 옷과 말을 달라고 주
문했다. 순식간에 옷과 말이 나타났다. 트렘블링이 옷을
입고 나자 노파가 꿀새와 꿀 손가락을 각각 양쪽 어깨에
얹어주었다. 말의 안장과 고삐는 은으로 만든 것이었다.

　트렘블링이 떠나려고 할 때 노파는 교회 안으로 절대로
들어가지 말고 미사 끝에 사람들이 일어날 때는 반드시 집
으로 달려와야 한다고 말했다.

　그 날 사람들은 더욱더 놀랐다. 미사가 거행되는 동안
그들은 내내 그녀가 누구인지 궁금하게 여겼다. 그러나 알

아낼 수가 없었다. 미사가 끝나기가 무섭게 그녀는 검은 말의 안장에 앉아서 쏜살 같이 달려가 버렸기 때문이다.

노파는 이미 저녁식사 준비를 끝내놓고 있었다. 트렘블링은 두 언니가 돌아오기 전에 비단옷을 벗어버리고 헌옷으로 갈아입었다. 페어와 브라운이 돌아오자 노파가 물었다.

"오늘은 무슨 새로운 이야깃거리라도 있니?"

"오늘 놀라운 그 귀부인을 또 보았어요. 그녀의 옷에 비하면 우리 옷은 아무것도 아니지요. 모든 사람들이 우리는 거들떠보지도 않은 채 입을 딱 벌리고 그녀를 보았어요."

두 공주는 이상한 귀부인의 옷과 같은 옷을 자기들도 입게 되지 않으면 절대로 만족하지 않겠다고 말했다. 그러나 그런 옷은 발견되지 않았다.

세 번째 일요일에 페어와 브라운은 검은 비단옷을 입고 교회에 갔다. 트렘블링은 집에 남겨두고는 자기들이 돌아오기 전까지 식탁을 차려놓으라고 지시했다. 그들이 떠난 뒤에 노파가 부엌으로 찾아와서 그녀에게 물었다.

"오늘도 교회에 가고 싶니?"

"입고 갈 새 옷이 있으면 가겠어요."

"어떤 옷을 원하니? 무엇이든지 주겠어."

"허리 위쪽은 장미처럼 빨갛고 아래는 눈처럼 하얀 옷을 주세요. 그리고 어깨에 걸칠 수건은 초록색이 좋고, 모자에는 빨간색과 흰색과 초록색의 깃털이 꽂혀있게 하고, 구두는 앞은 빨간색, 중간은 흰색, 뒤쪽은 초록색으로 해 주세요."

노파가 검은 옷을 입고 나서 트렘블링이 원하는 것을 모두 달라고 주문해서 즉시 얻었다. 그녀가 옷을 입고 나자 노파가 꿀새와 꿀 손가락을 각각 양쪽 어깨에 얹어주었다. 그리고 가위로 그녀의 머리끝을 약간 잘라주었더니 세상에서 가장 아름다운 금발이 그녀의 등 뒤로 흘러내렸다.

노파가 무슨 말을 원하는지 물었고 그녀는 푸른색과 황금색의 마름모꼴 점이 박힌 흰 말을 원하고 안장과 고삐는 금으로 만든 것으로 해달라고 말했다. 그런 말이 문 앞에 나타났다. 그리고 꿀새는 그녀가 교회에 갔다가 집으로 돌아올 때까지 내내 노래했다.

정체를 알 수 없는 아름다운 귀부인의 소문이 전국에 퍼졌다. 그래서 그 날은 모든 왕자들과 귀족들이 교회에 몰려들었다. 그들은 누구나 그 귀부인을 미사 끝에 자기 집으로 데리고 가기를 원했다. 에마니아 왕국의 왕자는 첫째 공주 페어에 관해서 흥미를 완전히 잃고 말았다. 그리고 이상한 귀부인이 달아나기 전에 잡으려고 교회 바깥에서 기다리고 있었다.

교회 안쪽은 사람들로 가득 찼고 바깥에는 안에 있는 사람의 세 배나 되는 사람들이 모여있었다. 마당에도 사람들이 하도 많아서 트렘블링은 미사가 거행되는 것을 멀리서 간신히 바라볼 수 있었다. 미사가 끝나자 그녀는 잽싸게 황금 안장에 올라앉아 말을 달렸다. 그러나 에마니아의 왕자가 이미 그녀 곁에 나타나 발을 잡고 늘어지는 바람에 구두 한 짝이 벗겨지고 말았다.

트렘블링은 전속력으로 말을 몰아 집으로 돌아갔는데 구두 한 짝을 잃어버려서 노파가 자기를 죽일지도 모른다는 생각만 했다. 그녀의 표정이 매우 심각한 것을 본 노파가 물었다.

"무슨 걱정이라도 생겼니?"

"구두 한 짝을 잃어버렸어요."

"그런 건 아무것도 아니다. 염려 마라. 오히려 네겐 아주 잘된 일일지도 몰라."

그녀가 모든 것을 노파에게 돌려주고는 헌 옷으로 갈아입은 뒤 부엌에서 일했다.

페어와 브라운이 돌아오자 노파가 물었다.

"오늘은 무슨 새로운 이야깃거리라도 있니?"

"오늘은 세상에서 가장 놀라운 장면을 보았어요. 이상한 귀부인이 한층 더 멋지게 차려 입고 왔거든요. 세상에서 가장 좋은 옷을 그녀가 입었고 어깨에 앉은 새는 내내 노래했어요. 그녀는 아일랜드에서 가장 아름다운 여자예요."

트렘블링이 교회에서 사라진 다음에 에마니아의 왕자가 다른 왕자들에게 말했다.

"그녀를 내가 차지할 것이다."

다른 왕자들이 대꾸했다.

"구두 한 짝을 벗겼다고 해서 네가 그녀를 얻은 건 아냐. 칼을 들고 싸워서 이겨야만 해. 넌 우리와 결투해서 이겨야 하는 거야."

"그녀를 찾아낸 다음에 너희들과 결투하겠어. 난 그녀를 절대로 다른 사람에게 넘겨주지 않겠다구."

그래서 왕자란 왕자는 모두가 구두 한 짝을 잃은 그녀가 누구인지 알아내고 싶어서 속이 탔다. 그들은 아일랜드를 구석구석 돌아다니면서 수소문을 했다. 그들은 한데 몰려다니면서 한 집도 남기지 않고 뒤졌다. 부자 집이든 가난뱅이의 집이든 모조리 뒤져서 그녀를 찾아내려고 애썼다.

에마니아의 왕자가 구두 한 짝을 항상 가지고 다녔다. 무슨 재료로 만든 구두인지 아무도 몰랐다. 크지도 작지도 않고 보통 크기인 그 구두를 본 여자들은 희망에 부풀었다.

어떤 여자들은 엄지발가락을 조금 잘라내는가 하면 양말 뒤쪽에 헝겊을 집어넣어서 그 구두에 자기 발을 맞추려고 애썼다. 그러나 모두 헛수고였다. 자기 발만 아파서 울상이 되었고 아픈 발이 낫는데는 여러 달이 걸렸다.

페어 공주와 브라운 공주는 모든 왕자들이 전국을 돌아다니면서 그 구두의 주인공인 여자를 찾고 있다는 소식을 들었다. 그들은 여자들이 그 구두를 신어본 이야기를 날마다 거듭했다. 어느 날 트렘블링이 말했다.

"그 구두는 어쩌면 내 것인지도 몰라요."

"허튼 소리 작작 해! 일요일엔 항상 네가 집에 있었는데도 그 따위 수작이야?"

페어와 브라운 공주는 트렘블링을 날마다 야단치는 한편 왕자들이 오기를 애타게 기다렸다. 드디어 왕자들이 거기 오는 날 그들은 트렘블링을 골방에 가두고 자물쇠를 채웠다. 에마니아의 왕자가 구두를 그들에게 신겨보았다. 그들이 아무리 기를 쓰고 구두를 신으려고 했지만 아무 소용이 없었다.

"이 집에 다른 젊은 여자는 없어요?"

트렘블링이 골방에서 소리쳤다.

"있어요. 내가 여기 있어요."

페어와 브라운이 나서서 말했다.

"아, 저건 부엌일이나 하는 애예요."

그러나 왕자들은 그녀를 보기 전에는 집에서 떠나가려고 하지 않았다. 그래서 두 언니가 골방의 문을 열어주었

다. 트렘블링이 구두를 받아서 신자 발에 꼭 맞았다. 에마
니아의 왕자가 그녀를 쳐다보면서 말했다.

"구두가 발에 딱 맞는군요. 내가 본 귀부인은 바로 당신
입니다."

그러자 트렘블링이 대꾸했다.

"잠깐 다녀올 테니 여기서 기다리세요."

그리고는 그녀가 노파의 집으로 갔다. 노파가 검은 옷을
입은 뒤 그녀가 첫 번째 일요일에 입었던 옷을 달라고 해
서 얻고는 그녀에게 입혔다. 그리고 흰 말에 태웠다. 이윽
고 트렘블링이 말을 타고 자기 집 앞에 나타났다. 첫 번째
일요일에 그녀를 본 사람들이 말했다.

"우린 교회에서 저 귀부인을 보았어요."

그녀가 검은 말을 타고 다시 집으로 갔다. 두 번째 일요
일에 그녀를 본 사람들이 말했다.

"우린 교회에서 저 귀부인을 보았어요."

그녀가 노파의 집으로 갔다가 세 번째로 집에 돌아갔다.

"우린 교회에서 저 귀부인을 보았어요."

모든 사람이 만족했다. 그들은 바로 그녀가 그 귀부인이
라는 사실을 깨달은 것이다.

모든 왕자들과 귀족들이 에마니아의 왕자에게 말했다.

"넌 이제 우리와 대결해야만 저 여자를 얻을 수 있어."

207

에마니아의 왕자가 대답했다.

"난 언제든지 결투할 준비가 되어 있다."

먼저 로클린의 왕자가 나섰다. 그들은 아홉시간 동안이나 무섭게 싸웠다. 드디어 로클린의 왕자가 손을 들어 포기하고는 그곳을 떠났다. 다음 날 스페인의 왕자가 여섯시간 동안 싸운 뒤 역시 포기했다. 셋째 날에는 니에르포이의 왕자가 여덟시간을 싸운 뒤 돌아갔다.

넷째 날에는 그리스의 왕자가 여섯시간 싸우고 손을 들었다. 다섯째 날에는 싸움에 나서는 왕자가 아무도 없었다. 그리고 아일랜드의 왕자들은 같은 민족인 에마니아의 왕자와 싸우지 않겠다고 모두 말했다. 그래서 에마니아의 왕자가 트렘블링을 차지했다.

결혼 날짜가 잡히고 초청장이 발송되었다. 그들의 결혼을 축하하는 잔치가 일년 동안 계속되었다. 잔치가 끝나자 왕자가 그녀를 왕궁으로 데리고 갔고 그녀는 아들을 낳았다. 그녀는 페어와 브라운을 왕궁으로 불러서 함께 살았다.

어느 날 에마니아의 왕자가 사냥을 나갔을 때 그녀가 페어와 함께 바닷가로 산책을 하고 있었다. 그 때 페어가 그녀를 바다로 밀어 넣었다. 어마어마하게 큰 고래가 달려와서 그녀를 삼켜버렸다. 페어가 혼자 집으로 돌아가자 왕자가 물었다.

"왜 혼자 돌아왔지?"

"언니는 발리샤논에 있는 친정 집에 갔어요."

트렘블링의 남편인 왕자가 말했다.

"내 아내가 친정으로 갔을 거야. 이상하게 걱정이 돼."

"그게 아니라 친정으로 돌아간 것은 큰언니 페어예요. 난 트렘블링이에요."

세 공주의 얼굴이 너무나도 비슷했기 때문에 왕자는 의심이 들었다. 그래서 그날 밤 그는 자기와 페어 사이에 칼을 꽂아놓고 말했다.

"당신이 정말 내 아내라면 이 칼이 뜨거워질 거야. 그렇지 않다면 싸늘해질 테고."

다음 날 아침 그가 잠자리에서 일어나 칼을 만져보니까 여전히 싸늘했다. 그런데 페어와 트렘블링이 바닷가를 거닐고 있을 때 소를 모는 목동이 마침 근처에 있다가 페어가 트렘블링을 바다에 밀어 넣는 것을 보았다.

그리고 다음 날 아침 파도가 밀려올 때 고래가 나타나서 트렘블링을 모래톱에 토해 놓는 것도 보았다. 그녀가 목동에게 말했다.

"저녁에 네가 소를 몰고 집으로 돌아가면 주인에게 페어가 어제 나를 바다에 밀어 넣었고 고래가 나를 삼켰다가 토해냈다고 말해라. 다음 밀물 때 고래가 다시 와서 나를

삼켰다가 다시 토해낼 것이다. 고래는 이렇게 세 번 나를 삼켰다가 토해낼 거야.

고래가 내게 마술을 걸었기 때문에 난 이 모래톱을 빠져 나갈 수가 없어. 내 남편이 나를 구출해주지 않는다면 고래가 나를 네 번째 삼키면 난 끝장이야.

남편이 와서 고래가 배를 내보일 때 은으로 만든 총알로 고래를 맞춰야만 해. 고래는 가슴지느러미 밑에 검붉은 점이 있는데 남편은 바로 그곳을 총알로 맞춰야 해. 고래를 죽일 수 있는 방법은 그것뿐이거든."

목동이 집으로 돌아가자 큰언니 페어가 그에게 모든 것을 잊어버리는 음료수를 주었다. 그래서 그는 아무 말도 전하지 못했다. 다음 날 목동이 바닷가로 나가다. 고래가 와서 트렘블링을 토해놓았다. 그녀가 물었다.

"주인에게 내 말을 전했니?"

"아뇨. 난 잊어버렸어요."

"잊어버리다니?"

"여주인이 준 물을 마시니까 모든 것을 잊고 말았어요."

"오늘밤에는 꼭 내 말을 전해라. 여주인이 물을 주어도 받지 말고."

목동이 집으로 돌아가자마자 페어가 다시 마실 물을 주었다. 그는 주인에게 트렘블링의 말을 전할 때까지 그 물을 받지 않겠다고 거절했다.

사흘째 되는 날 왕자가 은으로 만든 총알과 총을 가지고 바닷가로 나갔다. 얼마 되지 않아서 고래가 나타나서 트렘블링을 토해놓았다. 그녀는 왕자가 고래를 죽일 때까지 말을 할 수가 없었다.

이윽고 고래가 바다로 헤엄쳐 들어가 한순간만 검붉은 점을 내보였다. 바로 그 때 왕자가 총을 쏘았다. 짧은 순간에 기회가 딱 한번뿐이었지만 왕자는 그 기회를 잡아서 명중시킨 것이다. 고통으로 미친 듯이 날뛰는 고래가 온 바다를 피로 물들이고 나서 죽어버렸다.

그러자 즉시 트렘블링이 말을 할 수 있게 되었다. 그리고 왕자와 함께 집으로 돌아갔다. 왕자는 그녀의 아버지를 불러오게 한 다음 큰언니가 막내 동생 트렘블링에게 무슨 짓을 했는지 알려주었다. 아버지는 왕자가 원하는 방식대로 페어를 죽이겠다고 말했다.

왕자는 페어를 아버지가 마음대로 처분하라고 대답했다. 아버지는 7년 동안 먹을 수 있는 식량을 실은 통나무 배에 실어서 바다로 내보냈다. 한편 트렘블링은 딸을 낳았다. 왕자와 그녀는 목동을 학교에 보내서 교육시키고 친자식처럼 길렀다.

"내 딸이 자라면 오직 너만 그 애의 남편이 될 것이다."

목동과 왕자의 딸은 잘 자라서 결혼했다. 트렘블링이 왕자에게 말했다.

"어린 목동이 아니었더라면 당신이 나를 고래의 입에서 구하지 못했을 거예요. 그러니까 난 우리 딸을 그에게 주는 것이 조금도 아깝지 않아요."

에마니아의 왕자와 트렘블링은 자녀를 열네 명이나 두었고 늙어서 죽을 때까지 매우 행복하게 살았다.

세상에 나타나는 모든 인연은 잘 쓰는 사람에게는 유익한 작용을, 잘못 쓰는 사람에게는 해치는 작용을 한다. – 채근담

212

구두쇠의
등가죽을
벗기다

가난한 여인이 세 아들을 데리고 살았다. 큰아들과 둘째 아들은 영리하고 교활했는데 그들은 막내 동생을 천치보다 나을 것이 없다고 해서 바보 잭이라고 불렀다. 집에서 지내는데 지친 큰형이 돈벌이를 하러 가겠다고 말했다.

꼬박 일년이 지난 어느 날 그가 다시 돌아왔는데 두 다리는 비틀거리고 얼굴은 쭈굴쭈굴 해졌고 몸은 젓가락처럼 바싹 말랐다. 음식을 먹고 푹 쉬고 난 뒤에 그는 불행한 지방의 회색 구두쇠 밑에서 어떻게 당했는지 설명했다.

그는 구두쇠와 계약을 맺었는데 누구든지 그 계약에 대해서 후회하는 말을 하면 어깨에서 엉덩이에 이르기까지 등가죽이 3센티미터 가량 벗겨진다는 내용이었다.

주인이 먼저 후회한다면 그는 하인에게 월급을 두 배로

213

주어야 하고 하인이 먼저 후회하는 말을 하면 아무런 월급
도 못 받는다는 것이었다.

"그런데 그놈은 먹을 것을 너무나도 적게 주고 일은 죽
도록 시켰어. 그러니 몸이 견딜 수가 없었지. 그래서 불만
을 가득 품고 있는데 하루는 그놈이 나더러 후회하느냐고
물었어. 미칠 듯이 화가 난 나는 후회한다고 말해 버렸지.
그 결과 난 평생 이렇게 불구자가 되고 말았어."

가난한 과부와 두 동생은 속이 몹시 상했다. 그래서 둘
째아들이 회색 구두쇠에게 가서 계약을 맺고 구두쇠가 먼
저 후회하도록 만들겠다고 나섰다.

"그놈의 등가죽이 터지는 것을 보면 얼마나 기쁠까!"

말로 아무리 떠들어봤자 소용없는 일이었다. 둘째아들
이 불행한 지방으로 떠났다. 그는 일년 뒤에 첫째아들처럼
비참한 모습으로 돌아왔다.

가련한 과부가 아무리 말려도 바보 잭은 기어이 회색 구
두쇠에게 달려가고 말았다. 그는 일 년에 20파운드를 받
기로 계약했다. 다른 조건은 모두 똑같았다. 회색 구두쇠
가 잭에게 말했다.

"네가 할 수 있는데도 일을 거절한다면 한달치 월급을
잃는 거야."

"좋아요. 그런데 어떤 일을 하라고 해놓고 그걸 하지 못

하게 한다면 당신은 내게 한달치 월급을 추가로 주어야 합니다."

"좋다."

"당신 지시를 따랐는데도 나더러 잘못했다고 야단친다면 역시 한달치 월급을 더 주어야 되요."

"그것도 좋다."

첫날 잭은 먹을 것을 아주 조금밖에 얻어먹지 못한 채 녹초가 되도록 일을 했다. 다음 날 점심 때 잭은 마침 음식이 주인 식탁에 올려지기 직전에 집으로 돌아왔다.

요리사가 요리된 거위를 막 화덕에서 꺼내는중이었는데 잭이 칼을 뺏어서 거위를 반으로 잘라서 신나게 먹어치웠다. 바로 그 때 주인이 들어와서 욕을 퍼부었다. 잭이 대꾸했다.

"주인님, 당신은 나를 먹여줄 의무가 있어요. 내가 이 거위 고기를 어디서 먹든지 한 번 먹었으니까 저녁때까지 다시 또 먹을 필요가 없지요. 계약에 대해서 후회하는가요?"

회색 구두쇠는 후회한다고 소리치려다가 겨우 참았다.

"천만에! 후회하지 않아."

"그럼 됐어요."

다음 날 잭은 늪지대의 풀밭으로 나가야했다. 그가 점심 식사 시간에 맞추어 돌아오지 못한다고 해서 섭섭하게 여길 사람은 아무도 없었다. 그날 아침식사가 별로 시원치 않아서 잭이 여주인에게 말했다.

"늪지대에서 일을 충분히 하려면 점심식사 때 먹을 음식을 지금 주시는 게 더 낫겠어요."

"그 말도 맞아, 잭."

여주인이 빵과 버터와 우유 한 병을 주었다. 그녀는 잭이 그것을 가지고 풀밭으로 갈 것이라고 생각했다. 그러나 잭은 앉은자리에서 모조리 먹어치웠다.

"그런데 마른 풀 위에서 푹 자고 나면 내일 아침 아주 일찍부터 나는 일을 시작할 수 있을 거예요. 그러니까 여기 왔다가 일터로 갈 필요가 없게 하려면 오늘 저녁식사 때 먹을 음식도 미리 주는 게 더 편리하겠지요."

여주인은 잭이 그 음식을 가지고 풀밭으로 갈 것이라고 생각해서 내주었다. 그러나 잭은 앉은자리에서 다 해치우고 말았다. 여주인이 약간 놀랐다. 잭은 할 말이 있다면서 구두쇠를 소리쳐 불렀다. 얼굴이 하얗게 질린 회색 구두쇠가 달려오자 잭이 물었다.

"이 지방의 하인들은 저녁을 먹은 뒤에 무슨 일을 해야만 되지요?"

"침대로 가서 자는 것밖에는 할 일이 없지."

"잘 알았습니다."

내가 너를 만난 것이 나의 가장 큰 불행이다.

잭이 마구간으로 가서 높이 쌓인 밀짚 더미 위로 올라가서 옷을 벗고 누웠다. 그의 꼴을 본 다른 하인이 주인에게 일렀다. 주인이 달려왔다.

"야, 이 악당 놈아! 이게 무슨 짓이야?"

"잠을 자려는 겁니다. 여주인이 내게 아침과 점심과 저녁을 주었고 당신은 그 다음에 할 일이라고는 잠자는 거라고 말했지요. 내가 잘못했다는 겁니까?"

"그렇다, 이 망할 놈아."

"내게 1파운드 13쉴링 4페니를 주세요."

"이 빌어먹을 놈아! 내가 왜 네게 돈을 줘야해?"

"아, 당신은 계약을 잊었군요. 후회하는가요?"

"음, 그래. 아니, 그게 아냐. 네가 잠을 자고 나면 돈을 주겠다."

다음 날 아침 잭은 무슨 일을 해야 되는지 물었다.

"저기 작은 목장 바깥의 밭에서 쟁기를 잡아라."

아홉 시에 회색 구두쇠는 잭이 어떻게 일하는지 감시하러 나갔다. 어린 소년이 말을 타고 모는데 잭은 그 말을 끌어당기고 있어서 쟁기날은 땅바닥을 긁어대는 정도였다.

"이 날강도야, 뭘 하고 있는 거야?"

"이 빌어먹을 쟁기를 잘 잡고 있으라고 당신이 말했잖아요. 그래서 난 쟁기를 잡고 있으려고 애쓰는데 내가 아무리 말려도 저놈이 말에 채찍질을 한다 이거예요. 당신이 저 애를 좀 타일러주겠어요?"

"저 애는 잘못이 없어. 내가 쟁기를 잡으라고 한 말은 밭을 갈라는 말이었어. 이 멍청아."

"맙소사! 진작 그렇게 말을 해줬어야지요. 내 잘못은 아니죠?"

회색 구두쇠는 화가 머리끝가지 치밀었지만 간신히 참고는 아무 말도 하지 않았다.

"자, 이제부터는 다른 농부들처럼 밭을 갈아라."

"계약을 후회하는가요?"

"천만에! 천만에!"

그 때부터 잭은 어느 농부 못지 않게 밭을 잘 갈았다. 하루나 이틀이 지난 뒤 회색 구두쇠가 잭에게 밀이 아직 다 익지 않은 들판에 가서 소 떼를 감시하라고 말했다.

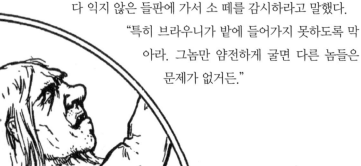

"특히 브라우니가 밭에 들어가지 못하도록 막아라. 그놈만 얌전하게 굴면 다른 놈들은 문제가 없거든."

정오가 되자 주인은 잭이 어
떻게 일하는지 감시하러 나갔다.
잭은 땅바닥에 엎드려서 잠을 자고
있고 브라우니는 가시나무 근처에서
풀을 뜯고 있는데 한쪽 뿔에 밧줄 끝이 묶
여있고 다른 끝은 나무에 감겨 있었다. 그리고
나머지 소 떼는 밀밭을 짓밟아대면서 덜 익은 밀이삭을
먹어치웠다.

"이 망할 놈아, 소 떼가 무슨 짓을 하는지 안 보이냐?"

"이 게으름뱅이야, 네 잘못이 아니면 누구 잘못이겠어?"

"1파운드 13쉴링 4페니를 내게 주세요. 당신이 말하기
를 브라우니만 얌전히 굴면 다른 소들은 문제가 없다고 했
잖아요. 저기 브라우니는 어린양처럼 얌전하게 있어요. 나
를 고용한 것을 후회하나요?"

"그건… 천만에! 저녁식사 때 네게 돈을 주겠다. 자, 이
제부터는 소가 한 마리도 목장을 벗어나서 밀밭에 들어가
지 못하게 해라."

"염려 마세요, 주인님!"

물론 회색 구두쇠는 염려하지 않았다. 그러나 잭을 고용
한데 대해 속으로 몹시 후회했다. 다음 날 어린 암소 세 마
리가 없어졌다. 주인은 잭에게 가서 찾아보라고 말했다.

"어디로 가서 찾아보란 말인가요?"

"세 마리가 있음직한 곳이든 있음직 하지 않은 곳이든 어디든지 가서 찾아봐."

회색 구두쇠는 매우 정확하게 말을 했다. 그가 점심을 먹으러 식당에 들어섰을 때 잭은 지붕에서 밀짚을 잔뜩 뜯어내 구멍을 뚫은 뒤 아래를 들여다보고 있었다.

"이 악당 놈아, 너 거기서 뭘 하고 있냐?"

"그야 물론 가련한 암소들을 찾고 있지요."

"암소들이 어떻게 거길 올라간단 말이냐?"

"나도 암소들이 절대로 여기 올라오지 못할 거라고 생각해요. 처음에 난 암소들이 있음직한 곳들 즉 외양간, 목장, 들판 등을 뒤졌어요. 그 다음에는 암소들이 있음직 하지 않은 곳들을 뒤지고 있는중이지요. 내가 하는 일이 마음에 들지 않지요?"

"너 같은 얼간이가 내 마음에 들 리가 어디 있어?"

"1파운드 13실링 4페니를 점심 들기 전에 내게 주세요. 당신은 나를 고용한 걸 후회하는 모양이군요."

"빌어먹을! 아니, 난 후회하지 않아. 지붕에 난 그 구멍을 다시 고스란히 메꿔 놓아라."

"그야 문제없어요."

회색 구두쇠가 점심을 마치고 식당에서 나갈 때쯤 되어

잭은 새 밀짚을 받아다가 지붕을 예전보다 더 잘 막았다.

"자, 이젠 암소들을 찾아 가지고 데려 와라."

"어디를 찾아볼까요?"

"네가 네 암소를 찾아낸다는 생각으로 찾아 가지고 와."

해가 지기 전에 암소들은 외양간에 모두 들어갔다.

다음 날 아침 회색 구두쇠가 말했다.

"잭, 늪지대를 지나서 풀밭으로 가는 길이 매우 엉망진 창이야. 양들의 다리가 푹푹 빠지거든. 양들의 다리에 좋은 길을 만들어라."

한 시간 가량 지난 뒤에 주인이 늪지대 근처에 갔더니 잭이 칼을 갈고 있었다. 그리고 양떼는 멍청하게 서있거나 그 부근의 풀을 뜯어먹고 있었다.

"잭! 이게 길을 고치는 거냐?"

"모든 일에는 시작이란 게 있지요. 시작을 잘 해야 결과가 좋아요. 난 지금 칼을 날카롭게 갈고 있지요. 당신이 양떼를 축복하는 동안 이 칼로 양들의 다리를 자를 겁니다."

"이 자식아! 양들의 다리를 잘라서 어쩌겠다는 거야?"

"그야 길을 고치려는 거지요. 양들의 다리를 잘라서 그걸 길에 깔아야 길이 좋아지지요."

"이 바보야! 난 양들의 다리가 진흙탕에 빠지지 않도록 길을 고치라고 했어."

"미안하지만 당신은 그렇게 말하지 않았어요. 내가 양들의 다리 자르는 걸 원하지 않는다면 1파운드 13실링 4페니를 내게 주세요."

"그 돈을 받아서 악마의 밥이나 되라!"

"저주하기보다는 기도하는 게 더 좋은 일이지요. 나를 고용한 걸 후회하나요?"

"그야 물론… 아니, 아직은 후회하지 않아."

다음 날 밤 결혼잔치에 참석하려고 외출하기 전에 주인이 잭에게 말했다.

"나는 밤 12시에 돌아오겠어. 내가 너무 취할지도 모르니까 네가 와서 나를 집으로 모셔라. 네가 그보다 일찍 잔칫집에 도착하면 내게 양의 눈을 던져라. 그러면 그들이 네게 음식을 주도록 내가 조치하겠다."

밤 11시가 되자 회색 구두쇠는 몹시 취한 상태였는데 뭔가 끈적끈적한 것이 자기 뺨을 때리는 기분이 들었다. 그 물체가 그의 술잔 옆에 떨어졌는데 들여다보니 양의 눈알이었다. 누가 왜 그런 것을 던졌는지 그는 알 수가 없었다.

얼마 후 양의 눈알이 또 하나 날아와서 그의 뺨을 때렸다. 화가 불끈 치밀었지만 입을 다물고 있는 것이 낫겠다고 생각했다.

2분이 지나서 그가 국을 마시려고 입을 벌리자 양의 눈알이 그의 입 속으로 처박혔다. 그래서 급하게 뱉어낸 뒤 소리쳤다.

"이런 고약한 짓을 하는 놈이 이 방 안에 있다니 얼마나 수치스러운 일입니까, 여러분?"

잭이 대꾸했다.

"주인님, 정직한 사람을 욕하지 마세요. 내가 양의 눈알들을 던졌거든요. 내가 여기 도착했다는 사실을 알려주려고 그런 겁니다. 나도 신랑과 신부를 위해 축배를 들고 싶거든요. 당신이 그렇게 하라고 내게 명령했잖아요."

"천하에 둘도 없는 이 악당아! 도대체 이 눈알들은 어디서 구했지?"

"당신 양들 머리에서 구했지 내가 어디서 구했겠어요? 당신은 이웃사람들의 양들 머리에서 내가 눈알들을 구하길 원해요? 그래서 내가 돌로 된 감옥에 갇히길 원해요?"

"너를 만난 것이 나의 가장 큰 불행이다."

그러자 잭이 외쳤다.

"주인님은 나를 만난 것이 유감이라고 말했고 여러분은 모두 증인입니다. 난 계약기간이 끝났어요.

자, 보수를 두 배로 주세요. 그리고 옆방으로 와서 등을 내밀어 주세요. 어깨에서 엉덩이까지 등가죽을 3센티미터 벗겨 낼 테니까."

모든 사람이 그건 안 된다고 고함쳤다. 잭이 말했다.

"이 사람이 내 두 형의 등가죽을 벗겨내고 무일푼으로 가난한 우리 어머니에게 돌아갈 때 당신들은 아무도 말리지 않았어요."

계약서의 내용에 관해 설명을 들은 그들은 이제 오히려 계약서대로 실행하라고 재촉했다. 회색 구두쇠가 화를 내고 고래고래 악을 썼지만 아무도 그를 도와주지 않았다.

그는 엉덩이까지 옷이 벗겨져서 옆방 땅바닥에 엎드렸고 잭이 손에 칼을 들고 등가죽을 벗기려고 했다. 땅 바닥에 대고 칼을 쓱쓱 두 번 갈아대면서 잭이 말했다.

"이 늙은 악당 놈아! 한 가지 조건을 걸겠다. 내 보수를 두 배로 주고, 가련한 두 형과 우리 어머니를 부양하는데 필요한 금화 2백냥을 준다면 네 등가죽을 벗기지 않겠어."

"천만에! 난 차라리 등가죽이 벗겨지는 게 더 낫다."

"그렇다면 좋아. 작업을 시작하지."

잭이 싱긋 웃었다. 그러나 칼끝이 상처를 약간 내자마자 회색 구두쇠가 비명을 내질렀다.

"그만 해. 돈을 주겠어."

"이거 봐요. 날 너무 나쁜 놈으로 보진 말아요. 난 쥐새끼의 눈조차 뺄 용기가 없어요. 난 양의 눈알 여섯 개를 푸줏간에서 샀고 겨우 세 개만 던졌을 뿐이거든요."

손님들이 모두 옆방으로 몰려가 잭을 테이블에 자리를 잡게 한 다음 축배를 들었고 그도 그들을 위해 축배를 들었다. 그리고 기운이 억센 여섯 명이 잭과 구두쇠를 따라 구두쇠의 집으로 갔고 구두쇠가 이층으로 올라가서 잭의 두 배의 보수와 금화 2백냥을 가지고 내려올 때까지 기다렸다.

　　잭은 집으로 돌아갔다. 그는 가난한 과부와 불구가 된 두 형에게 행운을 가져다주었다. 그 후 사람들은 그를 바보 잭이라고 부르지 않고 '구두쇠의 등가죽을 벗긴 잭'이라고 불렀다.

구두쇠들은 가진 것을 결코 즐기지 못하고 잃은 것을 한탄할 뿐이다. – 플루타르코스

앤드루
커피 할아버지

우리 할아버지 앤드루 커피는 조용하고 점잖은 인물로 널리 알려져 있었다. 그가 살던 지방 사람들이 모두 그를 잘 알았을 뿐만 아니라 그도 그 지방 구석구석을 모르는 곳이 없었다.

어느 날 저녁 그는 전혀 낯선 곳에 도착하게 되어 매우 놀랐다. 그가 탄 말이 나무에 부딪치는가 하면 진흙탕에 빠지게 되었다. 게다가 사납게 비가 퍼부었고 3월의 싸늘한 바람까지 몰아쳤다.

저 멀리 불빛이 보이자 그는 매우 기뻐했다. 가까이 다가가 보니 오두막집이 있었는데 그는 여태껏 그 집을 본 적이 없었다. 어쨌든 말을 나무에 매어놓고 그는 안으로 들어갔다. 벽난로에는 마치 환영이라도 하는 듯이 장작불이 활활 타오르고 있었다.

그가 여러 해 전에 고기잡이를 나갔다가 파도에 휩쓸려 죽었다는 것을 모르는 사람은 없었다.

그리고 그 앞에는 튼튼한 의자가 하나 놓였는데 "자, 여기 와서 앉으세요."라고 말하는 듯 했다. 그러나 사람은 그림자도 보이지 않았다. 그가 의자에 앉아서 비에 젖은 옷을 말리면서 유쾌한 기분에 젖었다. 그러면서도 궁금증은 조금도 가시지 않았다.

"앤드루 커피! 앤드루 커피!"

맙소사! 아무도 없는 집에서 누가 그의 이름을 부르고 있단 말인가! 그가 안팎을 휘둘러보았지만 다리가 둘이든 넷이든 사람이라고는 아무도 없었다. 그런데 말이 사라져 버리지 않았던가!

"앤드루 커피! 앤드루 커피! 이야기를 하나 해줘."

목소리가 한층 더 크고 가까이 들려왔다. 벽난로 앞에 앉아서 옷을 말리면서 이야기를 하지 않는다면 그건 곤란한 일이었다.

"앤드루 커피! 앤드루 커피! 이야기를 하나 해줘. 안 해 주면 넌 혼이 날 거야."

가련한 우리 할아버지는 하도 기가 막혀서 그 자리에 선

채 멀거니 쳐다보기만 했다.

"앤드루 커피! 앤드루 커피! 이야기를 안 해주면 넌 혼이 난다고 말했잖아!"

그 말이 떨어지기가 무섭게 갑자기 찬장에서 어떤 '사람'이 튀어나왔다. 앤드루 커피는 그 사람이 거기 있었는지 전혀 몰랐다. 그 사내는 화가 머리끝까지 났던가? 그게 아니다. 그는 딴 사람의 머리통을 깨부술 검은 가시나무 몽둥이를 들고 있었던가?

그것도 아니다. 그러나 우리 할아버지가 그를 보는 순간 그가 패트릭 루니라는 것을 깨달았다. '그 사람'이 여러 해 전에 고기잡이를 나갔다가 파도에 휩쓸려 바다에 빠져 죽었다는 것을 모르는 사람이 없었다.

앤드루 커피는 거기 머물러 있을 수가 없어서 바깥으로 뛰쳐나가 '걸음아 날 살려라' 하고 달아났다. 정신없이 도망치다가 커다란 나무 앞에 이르러 그 밑에 주저앉아서 잠시 쉬었다. 그가 한숨 돌리기도 전에 여러 사람이 떠드는 목소리가 들려왔다.

"이건 아주 무거워."

"좀 참아. 저기 큰 나무 밑에서 쉬어갈 테니까."

마침 그 나무 아래 앉아있던 앤드루 커피는 얼른 나뭇가지를 잡고 위로 올라가서 몸을 숨겼다. 들키는 것보다는 놈들을 내려다보는 것이 더 낫다고 그는 생각했던 것이다.
비가 그치고 바람도 잦아들었다.

사방이 평소보다 한층 더 캄캄했다. 그러나 앤드루 커피
는 아래에 있는 네 놈이 잘 보였다. 그들은 기다란 상자를
운반해서 나무 밑에 이르자 상자를 내려놓고 열었다.

거기 무엇이 들어 있었던가? 패트릭 루니였다. 그는 아
무 말도 하지 않았고 얼굴은 눈처럼 창백했다.

이윽고 한 녀석이 덤불을 주워 모으고 또 한 녀석은 부
싯돌과 부싯깃을 꺼냈다. 곧 장작불이 활활 타올랐다. 우
리 할아버지는 패트릭 루니를 똑똑히 보았다.

그는 꼼짝도 하지 않았다. 그들이 막대기 넷을 세우고
불 바로 위로 긴 막대기를 걸쳤다. 캄캄한 밤에 그들은 그
긴 막대기 위에 패트릭 루니를 걸쳐놓았다. 한 녀석이 말
했다.

"이 놈은 괜찮아질 거야. 그런데 우리가 멀리 떠나가 있
는 동안 누가 이 놈을 돌보아 주지? 누가 장작불을 뒤집어
주고 그가 불에 타지 않도록 보살펴 줄 건가?"

그 때 패트릭 루니가 눈을 뜨고 말했다.

"앤드루 커피가 해줄 거야."

"앤드루 커피! 앤드루 커피! 앤드루 커피! 앤드루 커피!"

그래서 앤드루 커피가 대꾸했다.

"미안하지만 난 무슨 일인지 통 모르겠다 이거요."

패트릭 루니가 말했다.

"앤드루 커피! 당신 내려오는 게 좋을 걸."

패트릭 루니가 두 번 그렇게 말하자 앤드루 커피는 내려가기로 결심했다. 네 명의 사내가 떠나가고 앤드루 커피만 거기 남았다.

이윽고 그는 불의 화력이 골고루 퍼지도록 보살피고 나무 막대기를 계속해서 돌렸다. 그렇게 하는 동안 패트릭은 내내 그를 쳐다보고 있었다. 가련한 앤드루 커피는 어쩔 수 없이 패트릭 루니와 장작불을 번갈아 쳐다보고 숲 속의 오두막집을 상상했다. 눈이 어질어질해졌다. 패트릭 루니

가 날카로운 목소리로 외쳤다.

"아, 너무 뜨거워서 내가 타잖아!"

"미안해요. 그런데 한 가지 물어봐도 되요?"

"말도 안 되는 질문을 하려면 그만둬. 안 그러면 뜨거운 꼴을 당할 테니까"

그러나 우리 할아버지는 무슨 질문을 던져야 좋을지 몰랐다. 패트릭 루니가 바다에 빠져서 죽었다는 것을 모르는 사람이 그 지방에는 하나도 없지 않은가? 그는 혼자 깊은 생각에 잠겨 버렸다.

"앤드루 커피! 앤드루 커피! 넌 나를 태우고 있어."

우리 할아버지가 깜짝 놀랐다. 다시는 그렇게 하지 않겠

다고 맹세했다.

"다시 그랬단 봐라. 혼이 날 거야."

패트릭 루니는 매섭게 쏘아 부치면서 이를 드러내고 웃었다. 앤드루 커피는 등에 식은땀이 흘렀다.

낯선 숲 속에서 그가 나무 막대기에 걸쳐진 패트릭 루니를 불 위에서 돌리고 있다니 얼마나 이상한가! 우리 할아버지가 깊은 생각에 잠겨서 불을 제대로 보지 못한 것은 조금도 이상하지 않았다.

"앤드루 커피! 앤드루 커피! 넌 이제 죽었다!"

그 때 우리 할아버지가 본 패트릭 루니는 나무 막대기에서 내려왔고 눈을 부라리는가 하면 이빨은 번쩍번쩍 빛나는 것이었다.

앤드루 커피는 놀란 토끼처럼 캄캄한 숲 속으로 달아났다. 돌 뿌리마다 발이 걸렸고 나뭇가지마다 그의 얼굴을 후려쳤다. 가시에 온몸이 찔리기도 했다. 폭우가 다시 쏟아지고 찬 바람이 몰아쳤다.

멀리 불빛이 보이자 그는 몹시 기뻤다. 잠시 후 그는 온몸이 흠뻑 젖은 채 기절할 지경이 되어 벽난로 앞에 무릎을 꿇고 있었다. 장작불이 활활 타올랐다. 몸이 따뜻해지고 옷이 말라갈 때 그는 유쾌한 기분이 들었다.

"앤드루 커피! 앤드루 커피! 앤드루 커피!"

아주 녹초가 된 상태에서 사람이란 펄쩍 뛰어오를 수가 없다. 그러나 우리 할아버지는 펄쩍 뛰어올랐다. 사방을 둘러보니까 맨 처음에 자기가 들어갔던 그 오두막집이었다.

"앤드루 커피! 앤드루 커피! 이야기를 하나 해줘."

공포에 사로잡히는 일마저 귀찮아진 우리 할아버지가 용기를 가다듬어 대꾸했다.

"네가 원하는 게 이야기란 말이냐?"

"이야기를 재미있게만 해준다면 고맙겠어."

그래서 앤드루 커피는 그날 밤에 일어났던 일을 처음부터 끝까지 해주었다. 그것은 매우 긴 이야기였다. 앤드루 커피는 몹시 지쳐 있었기 때문에 자기도 모르게 졸다가 잠이 들었다. 잠을 깨어보니 그는 맑은 하늘 아래 산기슭에서 누워 있었고 그의 말은 곁에서 풀을 뜯고 있었다.

길이 위태롭고 험한 곳에서는 빨리 발길을 돌릴 줄 알아야만 한다. – 채근담

새들도 무섭게 싸운다

하인 한 명을 구하러 가는 길에 굴뚝새를 만났다. 굴뚝새가 그에게 물었다.

"무엇을 찾고 있지요?"

"난 하인을 구하려고 해."

"저를 하인으로 써 보면 어때요?"

"흥! 너 같이 콩알만한 놈이 뭘 할 수 있다는 거야?"

"일을 시켜보면 알 거예요."

그래서 농부가 굴뚝새를 하인으로 고용했다. 그리고 우선 헛간의 곡식을 타작해 보라고 일을 시켰다. 굴뚝새가 타작을 시작했다. 무엇을 가지고 타작을 했을까? 그야 물론 도리깨를 가지고 했다. 굴뚝새가 밀알 한 개의 껍질을 벗겼다. 그랬더니 생쥐가 나와서 냉큼 먹어치웠다. 굴뚝새가 화가 나서 소리쳤다.

"또 그 따위 짓을 하면 가만 안 두겠어."

굴뚝새가 도리깨질을 해서 밀을 두 알 껍질을 벗겼다. 이번에도 생쥐가 나와서 냉큼 먹어치워 버렸다. 결국 굴뚝새와 생쥐가 싸움을 벌이게 되었다. 굴뚝새는 새 열두 마리를 데려오고 생쥐도 자기 족속을 불러모았다. 굴뚝새가 생쥐를 조롱하면서 말했다.

"치사하게 생쥐들을 불러오다니!"

생쥐도 지지 않고 대꾸했다.

"너도 새들을 데리고 왔잖아!"

그렇게 말하면서 생쥐가 자랑스럽게 다리를 앞으로 내밀었다. 그러자 굴뚝새가 도리깨를 휘둘러서 그 다리를 부러뜨렸다. 그들은 정식으로 한판 붙기로 하고 날짜를 정했다.

그래서 모든 짐승들과 새들이 싸움터로 몰려들고 있을 때 테더타운 왕국의 왕자가 싸움을 직접 본 다음에 그 결과를 보고하겠다고 왕에게 말했다. 왕은 그 해에 모든 짐승들을 다스리게 되어 있었기 때문이다.

왕자가 싸움터에 도착했을 때 마침 검은 까마귀와 뱀이 한창 싸우고 있었다. 뱀이 까마귀의 목을 칭칭 감아서 조이고 까마귀는 뱀의 모가지를 부리로 물고 있었는데 아무래도 뱀이 이길 것만 같았다.

235

왕자는 칼을 뽑아 단칼에 뱀의 모가지를 베어버렸다. 숨을 제대로 다시 쉬게 된 까마귀가 왕자에게 말했다.

"목숨을 살려줘서 고마워요. 그 보답으로 제가 멋진 경치를 구경시켜드릴 테니 제 두 날개 위에 올라타세요."

왕자가 까마귀의 등에 올라타자 까마귀가 하늘 높이 날아올라 아홉 개의 산과 계곡을 구경시켜 주었다. 얼마 후 까마귀가 말했다.

"저 아래 집이 보이지요? 저건 제 여동생 집인데 왕자님은 저기 들어가세요. 여동생이 '새들의 전쟁을 직접 보았어요?' 라고 물으면 그렇다고 대답하세요. 그리고 그녀가 '저와 똑같이 생긴 새를 보았어요?' 라고 물으면 그렇다고 대답하세요. 다만 내일 아침 바로 이 자리에서 저를 다시 만나야 하니까 잊지 마세요."

왕자는 그날 밤 대접을 잘 받아 마음껏 먹고 마시고 편한 침대에 누웠다. 다음 날 까마귀는 왕자에게 여섯 개의 산과 계곡을 구경시켜주었다.

저 멀리 오두막집이 한 채 보였는데 금세 거기 도착했다. 왕자는 거기서도 친절하게 대접을 받았다. 다음 날 아침 까마귀가 세 개의 산과 계곡을 구경시켜주었다.

그리고 또 다음 날 아침에 왕자는 까마귀를 다시 만난 것이 아니라 세상에서 가장 잘 생긴 소년을 만났다. 황금

고리들로 머리카락을 묶은 그 소년은 손에 보따리를 하나 들고 있었다. 왕자는 소년에게 검은 까마귀를 보았는지 물었다. 그러자 소년이 대답했다.

"왕자님은 까마귀를 다시는 보지 못할 거예요. 제가 바로 그 까마귀니까요. 저는 사악한 드루이드 사제의 마술에 걸려 있었어요. 그런데 당신을 만나자 마술에서 풀려난 거지요. 그 보답으로 이 보따리를 드리겠어요. 그러니까 이것을 아무 데서나 풀어보지 말고 당신이 앞으로 살고 싶은 장소에서만 이걸 풀어보세요."

소년과 헤어진 왕자가 왕궁을 향해서 걸어가기 시작했다. 돌아가는 길에 그는 까마귀의 여동생들 집에서 하룻밤을 차례로 묵었다.

왕궁이 가까워지자 나무가 몹시 울창한 숲을 지나가게 되었는데 보따리가 점점 무거워진다고 느낀 왕자는 피곤하기도 해서 보따리를 풀어보고 싶은 생각이 들었다.

보따리를 풀자마자 그는 소스라치게 놀랐다. 눈 깜짝할 사이에 어마어마한 크기의 성이 나타나고 그 주위에는 세상에서 가장 아름다운 과수원이 자리 잡고 있었다. 과수원은 온갖 종류의 과일 나무들과 약초로 가득 찼다.

놀란 눈으로 그 광경을 바라보면서 왕자는 속으로 후회했다. 마술 보따리의 힘을 되찾고 싶었다. 그는 왕궁 건너

237

만일 당신이 사람이든 짐승이든 어느 누구한테라도
키스를 받는 순간, 나를 만난 사실조차 잊고 말거예요.

편의 넓은 풀밭에서 살고 싶었는데 엉뚱한 숲 속에서 그만
보따리를 풀어보았던 것이다. 바로 그 때 거인이 와서 말
했다.

"왕자님이 집 지을 장소를 잘못 골랐군요."

"그래. 난 이곳에 집을 짓고 싶지 않았는데 실수로 이렇
게 되고 말았어."

"이 성과 과수원을 모조리 다시 보따리에 넣어버린다면
그 대가로 왕자님은 내게 뭘 주겠어요?"

"뭘 원하는데?"

"왕자님이 첫 아들을 낳게 되면 그 아들이 일곱 살 될
때 내게 주세요."

"그래, 내가 첫 아들을 낳으면 그 아들을 네게 주겠어."

거인은 눈 깜짝할 사이에 거대한 성과 과수원을 보따리
속에 다시 집어넣었다. 그리고 왕자에게 말했다.

"자, 이제 왕자님은 가던 길을 계속해서 걸어가세요. 난
내 길을 갈 테니까. 그렇지만 약속은 잊지마요."

왕자가 길을 계속해서 걸어가다가 며칠 지난 뒤 자기가

제일 좋아하는 장소에 이르러 보따리를 풀었다. 그랬더니 성과 과수원이 다시 나타났다. 그가 성문을 열자 세상에서 가장 아름다운 처녀가 기다리고 있었다.

"왕자님, 어서 들어오세요. 오늘 저는 결혼할 모든 준비가 되어 있어요."

"나도 당장 결혼하기를 원해요."

그래서 그들은 그 날 결혼했다. 그런데 7년이 지나자 거인이 그 성으로 찾아왔다. 그제야 왕자는 거인에게 한 약속이 생각났지만 그런 사실을 자기 아내에게는 한 번도 말해 주지 않고 지냈다. 아내가 왕자에게 말했다.

"거인은 나한테 맡기세요."

거인이 소리쳤다.

"약속대로 아들을 내어놓아라!"

왕자가 대꾸했다.

"여행 떠날 준비를 하고 있으니까 기다려라."

왕자의 부인은 요리사의 아들에게 좋은 옷을 입힌 다음 거인에게 내어주었다. 거인이 그 아이를 데리고 돌아가다가 얼마 못 가서 아이의 손에 막대기를 쥐어주고 물었다.

"네 아버지가 이런 막대기를 가지고 어떻게 행동하니?"

"우리 아버지는 개들과 고양이들이 왕자의 식탁에 놓인 고기를 먹지 못하게 하려고 때리지요."

239

"넌 요리사의 아들이다."

그렇게 소리친 거인이 그 아이의 두 발목을 잡아 거꾸로 든 뒤 근처 바위에 대고 탁 쳐서 죽였다. 화가 머리 끝까지 치밀어서 거인이 왕자의 성으로 돌아갔다. 그리고 아들을 당장 내놓지 않으면 성을 모조리 허물어버리겠다고 위협했다. 왕자의 부인이 왕자에게 말했다.

"한번 더 시험해 보겠어요. 수석 하인의 아들이 우리 애와 나이가 똑같거든요."

그래서 그녀가 수석 하인의 아들에게 좋은 옷을 입힌 다음 거인에게 내어주었다. 거인이 그 애를 데리고 가다가 얼마 못 가서 막대기를 손에 쥐여주고 물었다.

"네 아버지가 이런 막대기를 가지고 있으면 무슨 행동을 하겠니?"

"왕자의 술병들과 술잔들 근처에 얼씬거리지 못하게 때려줄 거예요."

"넌 수석 하인의 아들이다."

거인은 그 아이의 머리통을 깨어서 죽였다. 그리고 한층 더 화가 나서 성으로 돌아가 발로 땅을 쿵쿵 밟아댔다. 거대한 성 전체가 흔들렸다.

"아들을 당장 내어놓아라. 아니면 눈 깜짝할 사이에 성을 모조리 허물어버리겠다."

The Giant's Daughter

BIDS the BIRDS thatch her father's byre.

결국 왕은 아들을 내어주지 않을 수가 없었다. 거인이 그 아들을 데리고 조금 떨어진 곳으로 가자 막대기를 쥐어주고 물었다.

"네 아버지가 이런 막대기를 가지고 있다면 무슨 행동을 하겠니?"

"우리 아버지는 더 좋은 막대기를 가지고 있지요."

"더 좋은 막대기를 가지고 있을 때 그는 어디에 있니?"

"옥좌에 앉아 있어요."

드디어 거인은 그 아이가 왕자의 아들이라고 확인했다. 그래서 자기 집으로 데려가 친아들처럼 키웠다. 하루는 거인이 밖에 나가고 집에 없을 때 왕자의 아들은 거인의 집 꼭대기에서 매우 아름다운 노랫소리가 들려와 귀를 기울이고 있었다.

그러자 순식간에 세상에서 가장 아름다운 여자가 눈앞에 나타났다. 그리고 좀 더 자기에게 가까이 다가오라고 손짓한 뒤 자기 이름이 오번 메리라고 말했다.

그리고 그날 밤 열두 시에 바로 그 자리에 와야 자기를 만날 수 있을 것이라고 말했다. 그는 약속한 대로 밤에 그 자리에 갔다. 거인의 딸이 순식간에 나타나서 말했다.

"당신은 내일 우리 언니 둘 가운데 하나를 골라서 결혼해야 해요. 그렇지만 아무도 선택하지 말고 나를 선택하세요. 아버지는 초록색 왕국의 왕자에게 나를 주려고 하지만 난 그 왕자가 싫거든요."

다음 날 거인이 세 딸을 데리고 와서 그에게 말했다.

"테더타운 왕국의 아들아, 넌 이 집에서 참으로 오랫동안 살아왔다. 그러니 나의 맏딸과 둘째 딸 가운데 하나를 골라서 결혼해라. 그러면 넌 결혼한 다음 날 집으로 돌아갈 수가 있다."

"아름다운 막내 딸을 주신다면 전 결혼하겠어요."

거인이 화가 잔뜩 나서 소리쳤다.

"내 막내 딸과 결혼하려면 내가 요구하는 세 가지 일을 해내야만 해."

"말해 보세요."

거인이 그를 마구간으로 데리고 갔다.

"여기 마구간에는 소가 백 마리나 들어있는데 지난 7년 동안 한 번도 청소를 한 적이 없어. 내가 이제부터 외출할 테니까 밤이 될 때까지 청소를 마쳐라. 황금 사과가 굴러갈 정도로 깨끗이 청소해야 한다 이거야. 그렇게 하지 못하면 넌 내 막내 딸을 얻지 못할 뿐만 아니라 오늘밤 네 피를 모조리 짜서 내가 마셔버릴 거야."

그가 청소를 시작했다. 그러나 그것은 밀려오는 파도를 맨손으로 밀쳐내는 것과도 같았다. 정오가 되자 땀이 하도 비오듯이 흘러서 눈도 뜨지 못할 지경이었다. 그 때 거인의 막내딸이 와서 말했다.

"고생이 많군요."

"그래요."

"여기 와서 좀 쉬세요."

"그래야지. 어차피 죽을 몸이니까."

그가 오번 메리 곁에 앉았다. 그런데 너무나도 지쳐서 그만 잠이 들고 말았다. 그가 잠에서 깨어났을 때 거인의 딸은 보이지 않았다. 그러나 마구간은 황금 사과가 한쪽 끝에서 저쪽 끝까지 굴러갈 수 있을 정도로 깨끗하게 청소가 잘 되어 있었다. 거인이 들어와서 물었다.

"깨끗이 청소했냐?"

"물론이지요."

"누군가가 대신 해줬겠지."

"어쨌든 당신이 직접 청소한 건 아니잖아요?"

"그야 그렇지. 오늘 넌 일을 잘 했어. 그러니까 내일은 이 마구간의 지붕을 새의 깃털로 덮어라. 깃털 색깔이 모두 달라야 한다는 것을 명심해."

그는 해가 뜨기 전부터 사냥하러 나가서 활을 쏘아 새를 잡았다. 그러나 새를 잡기가 그리 쉬운 일은 아니었다. 낮 12시쯤 되자 땀이 하도 비오듯이 흘러서 눈도 뜨지 못할 지경이었다. 그 때 거인의 막내딸이 와서 말했다.

"몹시 지쳤지요?"

"그래요. 검은 새 두 마리를 잡았지만 색깔이 같아요."

"여기 잔디밭에 와서 좀 쉬세요."

"그래야지."

그는 이번에도 거인의 딸이 자기를 도와줄 것이라고 믿고 그녀 곁에 가서 앉았다. 얼마 지나지 않아 그는 잠이 들었다. 그가 잠에서 깨어났을 때 거인의 딸 오번 메리는 보이지 않았다. 그가 집으로 돌아가 보니 마구간의 지붕이 깃털로 덮여 있었다. 거인이 돌아와서 물었다.

"마구간의 지붕을 깃털로 덮었나?"

"그럼요."

"또 누가 대신 해주었군."

"어쨌든 당신이 그렇게 한 건 아니잖아요?"

"그야 그렇지. 자, 이번에는 저 아래 호숫가로 가라. 거기 전나무가 있고 그 나무 꼭대기 까치 둥우리에 알이 다섯 개 가 있을거야. 그걸 내가 아침식사 때 먹어야겠다. 하나도 깨지 말고 고스란히 가져와라."

왕자의 아들은 새벽부터 호숫가로 나갔다. 전나무는 쉽게 찾아낼 수 있었다. 왜냐하면 그 일대에서는 그 나무가 가장 높이 솟아올라서 첫 번째 가지만 해도 땅 위에서 150

미터나 되는 곳에 뻗어 나와 있었기 때문이다. 그가 나무 둘레를 한바퀴 둘러보았다. 거인의 딸이 그를 도와주려고 말했다.

"손발의 살갗이 모두 벗겨졌군요."

"그래요. 아무리 기어올라가려고 애써도 조금 올라갔다가는 주르륵 미끄러져 내려오기만 하거든요."

"낭비할 시간은 조금도 없어요. 자, 이제 당신은 나를 죽여야만 해요. 그리고 나의 모든 뼈에서 살을 발라낸 뒤에 그 뼈들을 발판으로 삼아서 저 나무 위로 올라가세요. 당신이 위로 올라갈 때는 내 뼈들이 나무에 붙어서 절대로 떨어지지 않을 거예요. 그렇지만 당신이 내려올 때 뼈들을 발로 밟으면 뼈가 나무에서 떨어질 테니까 손으로 하나씩 다시 잡아서 내려오세요. 뼈를 하나도 빠뜨리지 말고 다 발로 밟아야만 된다는 것을 잊지 마세요.

하나라도 밟지 않고 내버려두면 그 뼈는 나무에 붙은 채 절대로 떨어지지 않을 거예요. 그리고 내 살은 모두 이 깨끗한 보자기에 모아 담아서 나무 뿌리들이 있는 곳 근처의 샘 가에 놓아두세요.

당신이 땅으로 완전히 내려온 뒤에 내 뼈들을 모두 한 자리에 모으고 그 위에 내 살을 얹은 다음 샘물을 거기 뿌리면 나는 다시 살아나서 당신 앞에 서있을 거예요. 내 뼈를 하나라도 저 나무에 남겨두지 않도록 조심하세요."

"여태껏 나를 도와준 당신을 내가 어떻게 죽일 수가 있단 말입니까? 난 도저히 그렇게 못해요."

"내 말 대로 하지 않는다면 우린 둘 다 끝장이에요. 당신은 저 나무를 올라가던가 아니면 우리 둘이 죽어야만 하거든요. 그리고 저 나무를 올라가려면 나를 죽이지 않으면 안 되요."

왕자의 아들은 그녀가 시키는 대로했다. 그는 오번 메리를 죽인 뒤 뼈에서 살을 발라냈다. 그리고 나무 위로 올라갈 때 그녀의 뼈를 하나씩 나무에 붙여서 발판으로 삼았고 드디어 마지막 뼈를 밟고 나무 꼭대기까지 올라갔다.

새알들을 꺼낸 뒤에 뼈를 하나씩 발로 밟은 다음 그 뼈들을 나무에서 떼어냈다. 그런데 마지막 뼈를 밟을 때가 되었을 때 그 뼈가 땅바닥에서 너무 가까이 있었기 때문에 발로 밟지 않고 그냥 땅바닥으로 뛰어내리고 말았다.

이윽고 그는 오번 메리의 모든 뼈들을 샘 가에 모아놓고 그 위에 살을 덮은 다음에 샘물을 뿌렸다. 그랬더니 그녀가 다시 살아나서 우뚝 섰다.

"내 뼈를 하나라도 발로 밟지 않은 채 저 나무에 남겨두지 말라고 했잖아요. 난 이제부터 평생 동안 불구자가 되었어요. 당신은 내 새끼손가락의 뼈를 저 나무에 남겨두었기 때문에 난 손가락이 아홉 개밖에 없어요.

어쨌든 새알들을 가지고 빨리 집으로 돌아가세요. 오늘 밤 당신은 나를 제대로 골라낸다면 나와 결혼할 수 있을 거예요. 언니 둘이 나와 똑같은 옷을 입어서 누가 누군지 분간 못하게 되겠지만 우리 아버지가 '왕자의 아들아, 네 아내에게 가라.' 고 말할 때 새끼손가락이 없는 손을 보고 나를 골라내세요."

그가 새알들을 거인에게 주자 거인이 말했다.

"좋아! 잘 했어! 넌 이제 결혼할 준비를 해라."

드디어 결혼식을 축하하는 잔치가 벌어졌다! 거인들과 귀족들 그리고 초록색 왕국의 왕자까지 참석했다. 모두 즐겁게 먹고 마시고 신나게 춤을 추었다.

어찌나 요란하게 춤을 추었던지 거인의 집이 온통 심하게 흔들렸다. 잠자리에 들 시간이 되었을 때 거인이 왕자의 아들에게 말했다.

"테더타운 왕국의 왕자의 아들아, 침실로 가라. 먼저 나의 세 딸 가운데 네 아내를 골라라."

거인의 막내 딸이 새끼손가락이 없는 손을 내밀었고 그가 그 손을 잡았다. 거인이 소리쳤다.

"넌 이번에도 제대로 잘 했다. 그렇지만 나중에 다시 만날 때 두고 보자."

그가 거인의 막내 딸을 데리고 침실로 들어갔다. 그러자 그녀가 말했다.

"지금 잠이 들면 안 되요. 잠이 들면 당신은 죽고 말아요. 틀림없이 아버지가 당신을 죽이려고 할 테니 우린 빨리 도망쳐야만 해요."

침실을 빠져나간 그들은 마구간으로 가서 회색 말을 탔다. 그 때 그녀가 말했다.

"잠깐만 기다리세요. 저 늙은 거인에게 내가 속임수를 써야겠어요."

그러고는 사과를 아홉 쪽으로 잘라낸 다음 두 쪽은 침대 머리맡에, 두 쪽은 침대 발치에, 두 쪽은 부엌의 문 앞에, 두 쪽은 대문 앞에, 그리고 한 쪽은 집 바깥에 놓아두었다.

거인이 잠을 깨어 소리쳐 물었다.

"자고 있냐?"

침대 머리맡에 놓인 사과 두 쪽이 대답했다.

"아직 안 자요."

한참 지나서 거인이 다시 물었다.

그러자 침대 발치에 놓인 사과 두 쪽이 대답했다.

"아직 안 자요."

잠시 후 거인이 다시 물었다.

"자고 있냐?"

부엌 문 앞에 놓인 사과 두 쪽이 대답했다.

"아직 안 자요."

거인이 또 다시 물었다.

이번에는 대문 앞에 놓인 사과 두 쪽이 대답했다.

"아직 안 자요."

"너희는 이제 점점 멀리 가고 있구나."

그러자 집 바깥에 놓인 사과 한 쪽이 대답했다.

"아직은 그렇게 하지 않고 있어요."

"너희는 도망치고 있다!"

그렇게 소리치면서 잠자리에서 벌떡 일어난 거인이 그들의 침실로 가서 살펴보았지만 침대는 텅 비어 있었다.

"이건 내 딸년의 속임수가 분명해. 빨리 쫓아가야지."

날이 밝을 무렵에 거인의 딸은 거인의 뜨거운 입김때문에 등에 불이 날 것만 같다고 말했다.

"회색 말의 귓속에 빨리 당신 손을 넣어보세요. 뭐든지 손에 잡히는 것이 있으면 그걸 등 뒤로 던지세요."

"자두나무 가지가 손에 잡혀."

"그걸 저 뒤로 던지세요."

그가 나뭇가지를 뒤로 던지자마자 30킬로미터나 되는 검은 가시나무 숲이 그들 뒤에 나타났다. 그 숲은 너무나 울창해서 쥐새끼 한 마리조차 빠져나갈 수가 없을 정도였다.

거인은 무작정 숲 속으로 달려들어서 머리와 온몸이 가시에 찔려 피부가 벗겨졌다.

"내 딸년이 여기서도 장난을 치는군. 내가 커다란 도끼와 나무 자르는 칼을 가져온다면 이 숲을 뚫고 나가는 데 시간이 별로 안 걸릴 거야."

거인이 집으로 돌아가서 커다란 도끼와 칼을 가지고 돌아왔다. 그리고 얼마 지나지 않아서 숲을 통과하고 말았다.

"도끼와 칼은 여기 두었다가 집으로 가져가자."

그러자 나무 위에 앉아있던 까마귀가 말했다.

"그 연장들을 여기 남겨둔다면 우리가 훔쳐가지. 암, 훔쳐가고 말고."

거인이 대꾸했다.

"너희가 훔쳐가겠다고?"

그가 집으로 다시 돌아가서 연장들을 두고 돌아왔다. 해가 하늘 높이 떠올랐을 때 거인의 딸은 아버지의 뜨거운 입김이 다시 등에 닿는 것을 느꼈다.

"회색 말의 귓속에 빨리 당신 손을 넣어보세요. 뭐든지 손에 잡히는 것이 있으면 그걸 등 뒤로 던지세요."

왕자의 아들이 회색 돌 조각을 집어서 뒤로 던졌다. 눈 깜짝할 사이에 넓이와 높이가 30킬로미터나 되는 거대한 회색 바위가 그들 뒤에 나타났다. 거인이 쏜살 같이 달려

왔지만 그 바위를 통과할 수가 없었다.

"내 딸년이 이번에는 아주 난처한 장애물을 만들어 놓았군. 그렇지만 난 지렛대와 거대한 망치가 있으니까 이 바위를 뚫고 나가는 데 별로 시간이 걸리지 않을 거야."

과연 거인은 연장을 능숙하게 사용해서 바위를 뚫고 길을 내는 데 별로 시간이 걸리지 않았다.

"이 연장들은 여기 두었다가 집으로 가져가자."

그러자 나무 위에 앉아있던 까마귀가 말했다.

"그 연장들을 여기 남겨둔다면 우리가 훔쳐가지. 암, 훔쳐가고 말고."

거인이 대꾸했다.

"마음대로 해라. 난 집에 갔다가 다시 올 시간이 없어."

거인의 딸이 말했다.

"회색 말의 귓속에 빨리 당신 손을 넣어보세요. 뭐든지 손에 잡히는 것이 있으면 그걸 등 뒤로 던지세요. 안 그러면 우린 잡혀 죽어요."

왕자의 아들이 이번에는 물주머니를 집어서 뒤로 던졌다. 그러자 그들 뒤에 폭이 30킬로미터나 되는 거대한 호수가 나타났다. 그들의 뒤를 추격해온 거인은 어찌나 빨리 달려왔던지 곧장 호수 한 가운데로 들어가 밑바닥으로 가라앉은 채 다시는 위로 떠오르지 않았다.

다음 날 젊은 부부가 왕자의 궁전이 보이는 곳에 도착했을 때 그녀가 왕자의 아들에게 말했다.

"자, 우리 아버지 거인은 물에 빠져 죽어서 우리를 더이상 괴롭히지 못해요. 우선 당신이 먼저 저 궁전으로 들어가 당신 아버지에게 가서 나를 사랑한다고 알리세요. 그렇지만 사람이든 짐승이든 그 어떠한 것도 당신에게 키스하게 해서는 안 되요. 만일 당신이 키스를 받게 된다면 당신은 나를 만난 사실조차 잊어버리고 말아요."

그는 대단한 환영을 받았고 모든 사람이 그에게 행운을 빌어주었다. 그는 부모가 자기에게 키스하는 것도 말렸다. 그러나 불행하게도 늙은 사냥개가 문 앞에 웅크리고 있다가 그를 알아보고는 달려들어 입술에 키스하고 말았다. 그러자 그는 거인의 딸에 관해서 깡그리 잊어버리고 말았다.

그가 떠나간 뒤 거인의 딸은 우물가에 앉아있었지만 그는 돌아오지 않았다. 밤이 되자 그녀는 우물가에 솟은 참나무에 올라가 자리를 잡고 밤을 지냈다.

마침 그 근처에 신기료장수가 살았는데 다음 날 정오쯤 되었을 때 아내에게 우물에 가서 물을 길어오라고 말했다.

신기료장수 아내가 우물에 가서 물에 비친 거인의 딸을 보고는 그것이 자기 모습이라고 착각했다. 자기가 그렇게 아름다운 여자라고 그 때까지 한 번도 생각해 본 적이 없

었다. 그래서 손에 든 항아리를 떨어뜨렸고 항아리는 산산
조각이 났다. 그녀는 물을 긷지도 못한 채 집으로 돌아갔
다. 신기료장수가 물었다.

"물은 어디 있는 거야?"

그의 아내가 고함쳤다.

"이 멍텅구리 늙은 천치야. 난 너무나 오랫동안 너 같
은 늙은이를 위해 물을 긷고 나무를 해 왔어. 이젠 지긋
지긋해."

"이 마누라가 갑자기 미쳐버렸군. 애야, 내 딸아, 빨리
우물에 가서 물을 길어와라."

그의 딸이 우물로 갔지만 똑같은 일이 벌어졌다. 자기가
그렇게 아름다운 여자라고 그 때까지 한 번도 생각해 본
적이 없었다. 그래서 손에 든 항아리를 떨어뜨렸고 항아리
는 산산조각이 났다. 그녀도 역시 물을 긷지도 못한 채 집
으로 돌아갔다. 신기료장수가 물었다.

"물은 어디 있는 거야?"

그의 딸이 고함쳤다.

"이 멍텅구리 늙은 천치야. 내가 하녀인 줄 알아?"

가련한 신기료장수는 아내와 딸이 갑자기 머리가 홱 돌
아버렸다고 생각했다. 그래서 직접 우물로 갔다. 우물 물
위에 비친 처녀의 모습을 본 그는 나무 위를 쳐다보았다.

그리고 세상에서 가장 아름다운 여자를 보게 되었다.

"네가 앉은 나뭇가지는 흔들리지만 네 얼굴은 참으로 아름답구나. 자, 내려와라. 우리 집에 가서 네가 할 일이 좀 있으니까."

그는 아내와 딸이 왜 갑자기 미쳤는지 그 이유를 깨달았던 것이다. 그래서 거인의 딸을 데리고 집으로 돌아갔다. 그리고 자기가 비록 초라한 오막살이에 살고 있기는 하지만 그녀를 가족과 똑같이 대하겠다고 말했다.

하루는 신기료장수가 젊은 사람이 신는 구두를 완성했는데 그 날이 바로 왕자의 아들이 결혼하는 날이었다. 그는 구두를 가지고 왕궁으로 들어갈 예정이었다. 거인의 딸이 그에게 말했다.

"왕자의 아들이 결혼하기 전에 그의 얼굴을 한번 보고 싶어요."

"그럼 같이 가자. 난 왕궁의 하인들을 잘 알고 있으니까 왕자의 아들뿐만 아니라 모든 사람들을 네게 구경시켜줄 수 있어."

아름다운 거인의 딸이 왕궁에 도착하자 사람들이 그녀를 안으로 안내한 뒤 잔에 포도주를 채워서 주었다. 그녀가 포도주를 마시려고 하자 잔에서 불길이 치솟으면서 황금색 비둘기와 은색 비둘기가 튀어나왔다.

새들이 날아다닐 때 밀알 세 개가 바닥에 떨어졌다. 그러자 은색 비둘기가 달려들어 먹어버렸다. 황금색 비둘기가 왕의 아들에게 말했다.

"내가 마구간을 청소해줬던 그 날을 당신이 기억한다면 내게 밀알을 나누어주지 않은 채 다 혼자 먹어버리지는 않았을 거예요."

밀알이 또 다시 떨어지자 은색 비둘기가 또 달려들어 다 먹어버렸다. 황금색 비둘기가 왕의 아들에게 말했다.

"내가 마구간 지붕을 새틀로 덮었던 때를 당신이 기억한다면 내게 밀알을 나누어주지 않은 채 다 혼자 먹어버리지는 않았을 거예요."

밀알 세 개가 다시 떨어지자 은색 비둘기가 이번에도 달려들어 다 먹어버렸다. 황금색 비둘기가 왕의 아들에게 말했다.

"내가 까치 둥우리에서 새알들을 꺼내게 해준 때를 당신이 기억한다면 내게 밀알을 나누어주지 않은 채 다 혼자 먹어버리지는 않았을 거예요. 난 그 때 새끼손가락을 잃었는데 지금도 그게 아쉬워요."

왕자의 아들은 그때서 모든 일을 기억해냈고 자기 앞에서 있는 여자가 거인의 딸이라고 깨달았다. 그래서 잔치에 참석한 모든 손님들에게 말했다.

"내가 예전에 궤짝을 여는 열쇠를 잃어버려서 새 열쇠를 만들었는데 한참 지나서 예전에 사용하던 열쇠를 다시 찾게 되었지요. 내가 어떻게 하면 좋을지 누구든지 말해 보세요. 어느 열쇠를 내가 가져야 할까요?"

손님 가운데 한 사람이 나서서 대꾸했다.

"내 생각에는 예전의 열쇠를 가지는 것이 낫다고 봅니다. 왜냐하면 예전의 열쇠를 써야 자물쇠가 더 잘 열리니까요."

그러자 왕자의 아들이 자리에서 일어나 말했다.

"지혜롭고 정직한 대답을 해주어서 감사합니다. 이 여자는 자기 목숨의 위험을 무릅쓴 채 나의 목숨을 구해준 거인의 딸이고 또 나의 신부입니다. 이 여자 이외에 그 어떠한 여자하고도 나는 결혼하지 않을 것입니다."

그래서 그는 오번 메리와 결혼했고 잔치는 오랫동안 계속되었다. 그리고 모든 사람이 행복해졌다. 그러나 내가 얻은 것이라고는 활활 타는 석탄에 얹은 버터, 바구니에 든 죽, 내 발에 낄 종이구두뿐인데 그들은 나를 시냇물에 보내서 물을 길어오라고 했다. 그래서 종이구두도 그만 못 쓰게 되고 말았다.

내가 확신하는 것은 사랑의 거룩함과 상상의 진실성뿐이다.
- 키츠

염소가죽 옷을 입은 소년

먼 옛날 에니스코트에는 가난한 과부가 대장간 근처에 살고 있었다. 그녀는 너무나도 가난해서 아들에게 입힐 옷이 하나도 없었다. 그래서 아궁이 근처 잿더미에 구멍을 파고 거기 아들을 놓아두었다.

그리고 아들 주위로 따뜻한 재를 긁어모아서 쌓아주었다. 아이가 자라면 자랄수록 그녀는 잿더미의 구멍을 더 깊이 팠다. 드디어 그녀가 무슨 수를 썼는지 염소가죽을 한 장 구해서 아들의 허리를 감아주었다. 아들은 온 세상을 얻은 듯이 뻐기면서 거리를 활보했다. 그래서 다음 날 아침 그녀가 아들에게 말했다.

"톰, 넌 정말 형편없는 자식이다. 키가 2미터나 가까이 되고 나이도 열아홉 살인데도 한 번도 사람 구실을 못 했잖아. 그러니 저기 노끈을 꺼내들고 산에 가서 장작을 해 와라."

"알았어요. 즉시 나무를 해오겠어요."

그가 나무를 긁어모아서 끈으로 묶고 나자마자 키가 3미터나 되는 거인이 나타나더니 몽둥이로 그를 후려쳤다. 톰이 한쪽으로 나가떨어지는가 하면 줄기만 남은 나무 기둥을 집어들고는 거인에게 멋지게 한 방 먹였다. 거인이 땅바닥에 엎어졌다. 그러자 톰이 말했다.

"네 골통을 까부수기 전에 마지막 기도나 드려라."

거인이 대꾸했다.

"난 기도 따위를 하지 않아. 다만 목숨을 살려준다면 네게 이 몽둥이를 주겠어. 네가 죄를 짓지 않는다면 이 몽둥이로 싸울 때마다 넌 언제나 이길 수가 있지."

톰은 이것저것 생각할 것도 없이 거인을 놓아주었다. 그리고 몽둥이를 손에 넣은 뒤 나뭇단 위에 걸터앉아서 몽둥이로 장작더미를 계속 두드려대면서 말했다.

"장작들아, 난 너희들을 긁어모으느라고 고생을 엄청 많이 했고 또 너희 때문에 죽을 뻔하기도 했다. 그러니까 너희는 최소한 나를 집으로 데려다 주어야겠어."

톰의 말이 떨어지기가 무섭게 장작더미가 숲 속의 나뭇가지들을 마구 부러뜨리고 후려치면서 빠져나가 그를 과부의 집까지 운반해 주었다.

장작이 떨어져서 그가 다시 나무를 하러 숲으로 갔는데

거인이 준 피리를 불면
누구나 춤을 추지 않을 수 없었다.

이번에는 머리가 둘 달린 거인과 싸우게 되었다. 그는 먼저 번보다 약간 더 힘이 들었을 따름이었다. 패배한 거인은 톰에게 피리를 하나 주었는데 그 노랫소리를 들으면 누구나 춤을 추지 않을 수가 없는 그런 피리였다.

그는 엄청나게 많은 장작을 긁어모아서 그 위에 올라타고는 장작더미가 춤을 추면서 자기를 집으로 운반하게 만들었다. 그 다음에 만난 거인은 머리가 셋 달린 아름다운 소년이었다.

톰은 그 소년도 때려눕혔다. 소년은 그에게 초록색 기름을 한 병 주었는데 그 기름을 바르면 불에 타지도 않고 데지도 않으며 아무런 상처도 받지 않는 것이었다. 그리고 소년이 이렇게 말했다.

"우린 이제 더이상 보물이 없어. 넌 추수기간에 닥치는 광기의 날까지 이곳에 와서 마음대로 나무를 해가도 좋아. 그 날까지는 거인과 요정들이 너를 괴롭히지 않을 테니까."

자, 이제 톰은 공작 열 마리보다도 더 의기양양해졌고,

그래서 저녁에 거리를 휘젓고 돌아다녔다. 그러나 버릇이 없기는 더블린의 신사들과 마찬가지인 어린 꼬마들은 톰의 몽둥이와 염소가죽 옷을 비웃으면서 혀를 날름거렸다. 톰은 그런 꼴이 보기 싫었다. 그렇다고 해서 한 놈을 때려 눕힌다는 것은 차마 못할 짓이었다.

그러던 어느 날 커다란 나팔을 든 사내가 나타났다. 사냥꾼의 모자를 쓰고 알록달록한 옷을 입은 그는 나팔을 불어대면서 더블린에 사는 왕의 딸이 너무나도 우울해서 7년 동안 한 번도 웃은 적이 없다고 알렸다. 그리고 그 공주를 세 번 웃기는 사람이 있다면 왕이 공주를 그에게 아내로 줄 것이라는 말도 했다.

"그런 일이라면 바로 내가 적격이지."

그렇게 말한 톰은 하루도 더 기다리지 않고 즉시 어머니에게 작별의 키스를 한 뒤에 거리의 악동들을 향해 몽둥이를 휘둘러 보이면서 더블린으로 향했다.

드디어 톰이 더블린 성의 어느 성문에 도착했는데 문지기들은 그를 안으로 들여보내기는커녕 비웃고 욕을 잔뜩 퍼부었다. 톰은 한동안 참고 서 있었다. 그러다가 한 녀석이 장난 삼아 대검으로 그의 허리를 쿡 찔렀다.

톰은 즉시 그놈의 멱살과 허리끈을 휘어잡아서 운하에 처넣어버렸다. 문지기 가운데 몇놈은 물에 빠진 동료를 구출하러 달려가고 나머지 놈들은 칼을 빼어들고 톰을 공격했다. 그러나 톰이 몽둥이를 휘두르자 물 속에 빠지기도 하고 돌 바닥에 나가떨어지기도 했다. 드디어 그들은 몽둥이를 그만 휘둘러달라고 애걸했다.

결국 문지기들은 톰을 기꺼이 왕궁의 안뜰로 인도해 주었는데 마침 그때 왕과 왕비와 공주가 신하들을 거느린 채 레슬링, 칼싸움, 무용, 무언극 등을 구경하고 있었다.

그것은 공주를 즐겁게 만들기 위한 것이었지만 공주는 그 아름다운 얼굴에 미소를 전혀 띄우지 않았다. 소년처럼 앳된 얼굴에 거인처럼 키가 크며 검은 머리카락을 길게 기른 채 짧고 곱슬곱슬한 턱수염을 한 톰을 보자 모두 동작을 멈추었다.

그의 어머니가 너무 가난해서 면도칼을 사주지 못해서 턱수염이 더부룩했던 것이다. 그의 팔뚝에는 힘이 넘쳤고 두 다리는 맨살을 드러냈으며 허리에서 무릎까지 염소가죽만 드리워져 있었던 것이다.

옆에 있던 빨간 머리카락에 몸집이 비쩍 마른 녀석이 질투심에 불타올랐다. 그는 공주와 결혼하고 싶어했는데 톰의 모습에 공주가 눈을 크게 뜨는 것을 보고는 몹시 기분이 나빴던 것이다.

빨간 머리카락은 앞으로 나서서 톰에게 무슨 일로 왔느

262

냐고 비꼬는 어조로 물었다. 톰이 대꾸했다.

"난 아름다운 공주님을 세 번 웃기려고 왔어요."

"넌 이 유쾌한 어릿광대들과 멋진 솜씨를 자랑하는 검객들이 눈에 보이지도 않느냐? 그들이 7년간 애써도 아무 소용이 없었는데 너 따위가 무슨 재주로 공주를 웃긴다는 거야?"

고약한 패거리가 톰의 주위로 몰려들었다. 그는 눈도 깜짝하지 않을 것이라고 큰소리를 치고는 한꺼번에 여섯 명이라도 달려들 테면 달려들어 보라고 도전했다.

그때 왕은 아주 멀리 떨어져서 앉아 있었기 때문에 그들이 떠드는 소리를 듣지 못했다. 그래서 무슨 일이냐고 물었다. 빨간 머리의 사내가 앞으로 나서서 대답했다.

"저놈이 폐하의 우수한 무사들을 산토끼처럼 때려잡겠다고 합니다."

왕이 대꾸했다.

"그래? 정 그렇다면 너희 가운데 하나가 나가서 저놈의 실력을 시험해 봐라."

그래서 한 무사가 칼을 빼어들고 작은 방패를 든 채 톰에게 달려들어 칼로 찔렀다. 톰이 몽둥이를 휘둘러 그의 팔을 후려치자 칼이 머리 위로 날아가 버렸다.

이어서 톰이 몽둥이로 그의 철모를 때려서 땅바닥에 쭉

뻗게 만들었다.

무사들이 열두 명이나 연달아 나섰지만 톰은 칼, 방패, 철모, 그리고 무사들의 몸통 자체를 차례로 날려버렸다. 그들은 엉금엉금 기면서 달아났다. 물론 톰은 한 명도 죽이지는 않으려고 조심했다. 공주는 그 꼴이 너무나도 재미있어서 허리를 잡고 웃어댔다. 그 때 톰이 말했다.

"더블린의 국왕 폐하, 제가 이제 공주님의 3분의 1을 차지하게 되었습니다."

그 말을 들은 왕은 기뻐해야 할지 슬퍼해야 할지 분간을 못했다. 공주는 얼굴이 홍당무처럼 새빨갛게 물들었다. 그날의 싸움은 끝나고 톰이 왕의 저녁식탁에 초대를 받았다. 다음 날 빨간 머리의 사내가 톰에게 송아지만큼 큰 늑대에 관해서 이야기를 해 주었다.

그 늑대가 밤에 성벽 아래를 어슬렁거리며 돌아다니다가 사람들과 가축들을 먹어치우는데 그놈을 죽인다면 왕이 무척 기뻐할 것이라고 톰을 부추겼다. 톰이 대꾸했다.

"그놈이 사는 곳으로 나는 기꺼이 가겠어. 그리고 놈이 낯선 손님을 어떻게 대하는지 보겠어."

공주는 기분이 별로 좋지 않았다. 왜냐하면 톰이 멋진 양복 차림에 초록색 베레모를 쓰고 있어서 전혀 딴사람처럼 보였기 때문이다. 게다가 톰은 자기를 한 번 웃겼던 것이다. 그러나 왕은 톰이 늑대에게 가도록 허락했다.

한 시간 반쯤 지나서 그 무시무시한 늑대가 왕궁의 안뜰로 걸어들어 왔고 한두 걸음 뒤에 떨어져서 톰이 몽둥이를 어깨에 둘러멘 채 귀여운 어린양을 몰고 오는 양치기처럼 들어왔다.

왕과 왕비와 공주는 높은 연단에 자리를 잡고 있어서 안전했다. 그러나 아래쪽에 몰려있던 사람들은 거대한 야수가 나타나자 벌떡 일어나 대문을 향해 달아나기 시작했다. 늑대가 혀를 내밀어 입맛을 다셨다.

그런데 갑자기 늑대가 앞발을 들고 일어서더니 춤을 추기 시작했다. 안뜰에 사람들이 잔뜩 모여있고 문도 닫혔지만 늑대는 한 사람도 해치지 않았다.

톰이 피리를 계속해서 불었다. 바깥에 몰려있던 사람들도 춤을 추고 늑대도 뒷다리가 아파서 신음소리를 내면서도 계속 춤을 추었다. 그러면서도 늑대는 빨간 머리의 사내를 노려보았다.

한쪽 눈으로는 그 사내를 노려보고 다른쪽 눈으로는 톰을 쳐다보면서 그 사내를 잡아먹어도 좋다는 허락을 기다렸다. 그러나 톰은 안 된다고 고개를 가로 저었다.

빨간 머리의 사내가 춤을 계속해서 추었다. 늑대도 고통스러운 비명을 지르고 다리를 위아래로 올렸다 내렸다 하면서 춤을 추었다. 기운이 다 빠져서 당장이라도 쓰러질 지경이었다.

공주는 아무도 늑대에게 잡혀먹을 위험이 없다는 것을 깨닫고 안심했다. 그리고 빨간 머리 사내가 춤추는 꼴을 보고는 다시금 허리를 잡고 크게 웃었다. 그러자 톰이 소리쳤다.

"더블린의 국왕 폐하, 제가 이제 공주님의 3분의 2를 차지하게 되었습니다."

왕이 소리쳤다.

"3분의 2든 전부든 상관없어. 저 악마 같은 늑대를 처치한 다음에 보자."

톰이 피리를 주머니에 집어넣고 나서 곧 쓰러질 지경인 늑대에게 말했다.

"이거봐. 산 속의 네 소굴로 돌아가서 이제부터는 착한 짐승으로 살아라. 어느 마을이든 네가 10킬로미터 이내로 접근하는 것을 내가 발견하는 날에는 내가 말야…"

그러고는 톰이 손바닥에 침을 탁 뱉고 나서 몽둥이를 한 번 휘둘렀다. 늑대는 더이상 기다릴 것도 없었다. 사람이고 뭐고 아무것도 눈에 보이지 않았다. 꼬리를 내린 채 줄행랑을 친 뒤 다시는 더블린 근처를 얼씬도 하지 않았다.

저녁식사 때 모두 큰소리로 웃었지만 간사한 빨간 머리

사내만은 웃지 않았다. 그는 다음 날 가련한 톰을 어떻게 없애버릴까 그것만 궁리하고 있는 것이 분명했다. 그래서 그가 이렇게 말했다.

"더블린의 국왕 폐하! 우린 중대한 위기를 맞이했습니다. 덴마크 군대가 쳐들어왔거든요. 적군을 물리칠 무기라고는 오로지 지옥 대들보에 걸려있는 도리깨밖에 없습니다. 그 도리깨는 악마든 덴마크 군대든 모조리 처치하지요. 그런데 그걸 얻을 수 있는 사람은 염소가죽 옷을 입은 이 사람뿐입니다."

톰이 왕에게 말했다.

"그 도리깨를 가져온다면 공주를 제게 주시겠습니까?"

그러자 공주가 말렸다.

"안 돼요. 당신을 지옥에 보내는 것보다는 차라리 내가 당신의 아내가 되지 않는 편이 더 나아요."

그러나 빨간 머리 사내는 그토록 멋진 모험을 포기한다면 얼마나 아쉬우냐고 하면서 톰을 부추겼다. 톰은 어느 방향으로 가면 좋으냐고 물었다. 빨간 머리 사내가 지옥으로 가는 방향을 가르쳐주자 톰은 여행을 떠났다.

쉬지 않고 길을 가다가 드디어 지옥의 성벽이 보이는 곳에 이르렀다. 지옥 문을 두드리기 전에 그는 초록색 기름을 꺼내 온몸에 발랐다. 그리고 문을 두드렸다. 백 명이나 되는 꼬마 도깨비들이 문틈으로 머리를 내밀고 무슨 일로 왔느냐고 물었다.

"난 악마 두목을 만나러 왔다. 문을 열어라."

얼마 지나지 않아서 지옥문이 열리고 악마 두목이 나타나 톰에게 절을 하고는 무슨 일로 왔는지 물었다.

"난 별로 대수롭지 않은 일로 왔다. 더블린의 왕이 덴마크 군대를 혼내주려고 하기 때문에 여기 대들보에 걸려있는 도리깨를 잠시 빌리러 온 것이다."

악마 두목이 대꾸했다.

"난 더블린 사람들보다도 덴마크 사람들이 이곳에 오는 걸 더 환영하지. 어쨌든 네가 이렇게 먼길을 걸어서 왔으니 거절하는 건 예의가 아니야. 여봐라! 도리깨를 빌려줘라."

악마 두목이 어린 꼬마 도깨비에게 명령했다. 그리고 동시에 한쪽 눈으로 묘한 눈짓을 했다. 몇몇 도깨비들이 지옥 문을 닫고 있는 동안에 어린 도깨비가 대들보에 올라가 손잡이와 몸통이 온통 시뻘겋게 불에 달구어진 쇠로 만든 도리깨를 집어 가지고 내려왔다.

그것을 톰에게 주면서 꼬마 도깨비는 톰의 손바닥 살이 타서 녹아 내릴 것이라고 생각했다. 그러나 톰은 상처 하나 입지 않았다. 그 도리깨를 마치 참나무 막대기나 되는 듯이 태연하게 손으로 쥐고 말했다.

"고마워. 자, 이젠 문을 열어라. 그러면 내가 더이상 성가시게 굴지 않을 테니까."

악마 두목이 외쳤다.

"이런 망할 자식 같으니! 내가 호락호락 넘어갈 것 같아? 여긴 들어오기는 쉬워도 나가긴 정말 어려운 곳이야. 여봐라! 도리깨를 뺏고 저놈을 혼내 주어라."

도깨비 한 놈이 달려들어 도리깨를 잡아채려고 했다. 톰은 도리깨를 휘둘러서 그 놈의 한쪽 뿔을 꺾어버렸다. 놈은 고래고래 악을 썼다.

드디어 도깨비들이 한꺼번에 톰을 덮쳤다. 그러나 톰은 쉬지 않고 도리깨를 휘둘러댔다. 그리고 곡식을 타작하듯이 악마들을 때려 눕혔다. 드디어 악마 두목이 뒷통수를 긁으면서 말했다.

"저 멍청이를 당장 밖으로 내보내라. 저놈에게 문을 열어줘서 안으로 들어오도록 한 놈은 저주를 받아라."

악마들이 성벽 위에서 계속 욕설과 저주를 퍼부었지만 톰은 아랑곳도 하지 않은 채 유유히 지옥을 떠났다. 그가 왕궁으로 돌아가자 그와 지옥의 도리깨를 구경하려고 구름처럼 사람들이 몰려들었다. 그렇게 많은 사람이 모여들기는 역사상 처음이었다.

톰은 어떻게 도리깨를 구했는지 자세히 설명한 다음 도리깨를 돌계단 위에 내려놓았다. 그리고 누구든지 거기 손을 대면 죽을 것이라고 경고했다.

왕과 왕비와 공주는 이제 톰을 과거보다 열 배 이상 더 좋아하게 되었다. 그러나 사악한 악당인 빨간 머리 사내는 도리깨를 몰래 훔쳐내서 톰을 아예 끝장 내주려고 생각했다.

그러나 그는 도리깨에 손을 대자마자 하늘과 땅이 한꺼번에 무너지기라도 하는 듯이 죽어라고 고통의 비명을 내질렀다. 두 팔을 허공에 휘저으면서 춤을 추었는데 그 꼴은 참으로 가련한 것이었다.

톰이 즉시 달려가서 자기 손으로 그의 손을 열심히 어루만져주었다. 그랬더니 사내의 손에서 불에 데인 고통이 멈추었다.

사내는 고통이 멎고 편안해지자 세상에서 가장 우스꽝스러운 표정을 지으면서 울다가 웃었다. 그곳에 모인 사람이 모두 폭소를 터뜨렸다. 공주도 도저히 웃음을 참을 수가 없어서 허리를 잡고 크게 웃었다. 그 때 톰이 말했다.

"더블린의 국왕폐하, 이제 저는 공주의 전부를 차지하게 되었습니다."

공주가 왕을 쳐다본 다음 톰에게 다가갔다. 그리고 섬세하고 예쁜 두 손으로 톰의 거친 손을 잡았다.

톰은 도리깨를 왕궁 안으로 가지고 들어가려 하지는 않

았다. 아무도 도리깨 근처에 얼씬하지 않았다.

다음 날 아침 일찍 일어난 사람들이 가서 보니 도리깨가 놓였던 자리에 기다란 틈새가 두 줄 생겼는데 그 깊이가 얼마나 되는지는 아무도 몰랐다.

정오에 전령이 달려와서 왕에게 보고했다. 덴마크 군대는 지옥의 도리깨가 더블린에 들어갔다는 말을 듣자 모두 배를 타고 달아나 버렸다는 것이다.

이윽고 공주와 결혼한 톰은 훌륭한 선생을 모셔다가 예절의 원칙, 군사학, 귀족의 대화술 등을 배웠다. 그가 다른 학문을 공부했는지는 모르겠지만 그의 어머니가 평생 편안하게 산 것만은 확실하다.

사랑과 웃음이 없다면 기쁨도 없다. 사랑과 웃음 속에 살라.
– 호라티우스